L'ABBÉ DE L'ÉPÉE,

COMÉDIE HISTORIQUE.

IMPRIMERIE DE FAIN, PLACE DE L'ODÉON.

L'ABBÉ DE L'ÉPÉE,

COMÉDIE HISTORIQUE

EN CINQ ACTES,

PAR J*** N*** BOUILLY,

MEMBRE DE PLUSIEURS SOCIÉTÉS SAVANTES;

Représentée, pour la première fois, au Théâtre Français, le samedi 14 décembre 1799.

. . . . . *« Et ipse*
« Notus in fratres animi paterni. »
Hor. L. I.
« Je me suis montré plein d'amour paternel
» envers mes frères. »

NOUVELLE ÉDITION

CONFORME A LA REPRÉSENTATION.

PRIX : 2 FRANCS.

PARIS,

CHEZ J.-N. BARBA, LIBRAIRE,

Éditeur des OEuvres de Pigault-Lebrun,

PALAIS-ROYAL, DERRIÈRE LE THÉÂTRE FRANÇAIS, N°. 51.

1820.

A

HUBERT-VINCENT-DE-PAUL

BOURGUIN,

PROFESSEUR ÉMÉRITE DE PHILOSOPHIE,

MON BEAU-PÈRE,

MON INSTITUTEUR, ET MON PREMIER AMI.

C'est à vous que je veux... que je dois dédier cet ouvrage.

Je ne chercherai point à parer mon offrande d'un style brillant et recherché : quand l'âme est vivement émue, elle ne peut rien emprunter à l'esprit ; le cri du cœur n'est jamais que l'écho de la nature.

Je n'ai pu tracer une ligne de cette comédie historique, sans que votre nom ne se retraçât à mon souvenir.... Vous êtes pour moi ce que l'abbé De l'Épée fut à son cher Théodore.

D'un jeune sourd-muet de naissance, condamné à ne faire nombre que parmi les animaux, De l'Épée fit un être intéressant, un homme utile à la société.... Instruit par vous, dès ma plus tendre enfance, guidé par vous seul dans le sentier des vertus et de la vérité, j'ai percé l'ombre qui m'environnait de toutes parts ; je me suis créé une âme à la mesure de la vôtre ; je suis devenu.... ce que sans vous je n'eusse jamais été.

L'Abbé De l'Épée.

a

Théodore, *transporté à cent soixante lieues de ses foyers par un tuteur ambitieux et barbare, devait passer le reste de sa vie dans le néant et le malheur : le génie de l'abbé De l'Épée lui fait retrouver sa patrie, un nom légitime, et le rétablit dans tous ses droits.*

Privé de mon père, avant même d'avoir vu le jour ; victime de l'ambition d'un homme adroit et puissant, il ne me restait que la tendresse d'une mère jeune et sans expérience : vous unissez votre sort au sien, et aussitôt vous ne songez plus qu'à me défendre : vous bravez le crédit et la haine d'un premier magistrat ; vous exposez pour moi votre état, votre fortune, votre repos, votre liberté, votre vie..... Le Ciel bénit un si généreux courage : la justice triomphe ; le spoliateur est par vous démasqué.

Je termine ici le parallèle : l'énumération de tout ce que je vous dois est impossible.... Ma main, qui cède à l'émotion que j'éprouve en ce moment, me force de terminer ici cette épître dédicatoire.... Puisse-t-elle, en vous offrant un gage public de ma reconnaissance, mouiller vos yeux paternels de quelques douces larmes !

BOULLY.

PRÉFACE. (1)

Cet ouvrage est, de tous ceux que j'ai mis sur la scène, celui qui m'a coûté le plus de travail et de méditations. J'ai été long-temps arrêté par le rôle du sourd-muet, difficile à établir dans un grand cadre ; il m'a fallu, pour m'exposer à tous les écueils qu'il présentait, l'idée irrésistible d'honorer la mémoire de *l'abbé De l'Epée*.

Quel nom, en effet, était plus digne d'intéresser sur la scène française, que celui d'un philanthrope qui consacra tous ses instans, usa toutes ses forces, employa toute sa fortune à recréer des infortunés voués à un néant éternel ; et qui cherchait à cacher, sous la modestie la plus touchante, l'éclat de son génie et l'assemblage étonnant des plus admirables vertus !

Deux faits que je tiens de ceux qui ont eu le bonheur de vivre auprès de lui, et que je ne puis m'empêcher de retracer ici, suffiront pour caractériser ce grand homme.

L'abbé De l'Epée avait environ 14,000 francs de revenu : il entretenait, à ses frais, son école ; et, à cet effet, il ne se permettait jamais de dépenser pour lui, plus de 2000 francs, regardant tout le reste de son revenu, comme le patrimoine de ses élèves. Pendant l'hiver rigoureux de 1788, étant alors d'un grand âge et atteint de plusieurs infirmités, il se refusa du bois pendant quelque temps ; sa gouvernante s'en aperçut, et, à la tête de 40 sourds-muets, qui tous fondaient en larmes, et lui faisaient signe de se conserver pour eux, elle le força d'outre-passer sa dépense ordinaire d'environ *cent écus*. Ce respectable vieillard ne s'en consola jamais ; et souvent en jouant avec les infortunés qu'il appelait ses enfans, il leur disait : *Je vous ai fait tort de trois cents livres.*

En 1780, l'ambassadeur de l'Impératrice de Russie vint le féliciter de sa part, et lui offrir un présent considérable. « Monsieur l'ambas-
» sadeur, répondit *l'abbé De l'Epée*, je ne reçois jamais d'or ; dites à
» sa majesté, que, si mes travaux ont quelques droits à son estime,
» tout ce que je lui demande, c'est de m'envoyer un sourd-muet de
» naissance. »

Tant de dévouement et de grandeur d'âme devaient utiliser, d'une manière éclatante, les travaux de cet interprète de la nature, qu'elle semblait avoir formé pour réparer ses torts ; aussi mille et mille bienfaits ont-ils signalé la carrière de cet homme célèbre.

De tous ces bienfaits, celui qui m'a paru le plus propre à produire des effets dramatiques, est le fait historique que je retrace dans cet ouvrage, et qui excita l'étonnement et l'admiration de toute l'Europe.

Je ne me suis point dissimulé que l'entreprise était délicate. Je savais que ce fait mémorable avait donné lieu à de grands débats;

---

(1) Cette préface a été écrite en 1799.

juridiques ; je savais que la puissance, l'intrigue, et par-dessus tout, la haine que l'archevêque de Paris portait alors à *l'abbé De l'Epée*, avaient empêché ce dernier d'obtenir tout le prix de ses longues et précieuses recherches ; je savais enfin qu'on avait été jusqu'à calomnier ce vieillard respectable, et à répandre avec audace, qu'il s'était repenti de ce qu'il avait fait pour son élève. J'ai voulu, d'après cela, employer tous les moyens que dicte la délicatesse, pour ne réveiller aucunes querelles, et n'exciter aucuns ressentimens ; en me bornant donc au fait principal, j'y ai ajouté des développemens épisodiques, des personnages étrangers, et je me suis livré avec sécurité à tous les élans de l'imagination qu'un zèle pur animait, et que dirigeait la prudence.

Cependant, malgré toutes ces précautions dont je m'applaudis, et qu'à ma place, bien des gens de lettres ne se fussent pas donné la peine de prendre, j'apprends que, dans l'instant même où j'écris cette préface, des personnes que je n'ai jamais vues, et dont j'ignorais jusqu'à l'existence, font des démarches auprès des autorités supérieures, pour arrêter les représentations de ma pièce ; et qu'ils m'accusent, dans les journaux, de ne l'avoir mise au théâtre que pour *troubler leur repos et compromettre leur honneur.*

Ces imputations sont trop mal fondées, pour que j'entreprenne de les combattre... Non, l'on ne parviendra jamais à faire croire que l'auteur de *l'abbé De l'Epée*, eût, en composant son ouvrage, des intentions basses et perfides. Les nombreux spectateurs qui, à chaque représentation de ma pièce, daignent m'honorer de leurs suffrages, en seront tous garans.

Que l'élève de *l'abbé De l'Epée* ait été reconnu comte de *Solar*, par sentence du Châtelet de Paris, le 8 juin 1781 ; que cette même sentence ait été infirmée en 1792, peu m'importe !.. Il n'en est pas moins vrai que le grand homme que je célèbre, est parvenu à faire un homme intéressant d'un jeune sourd-muet de naissance (que j'appelle, moi, *Jules d'Harancour ;*) que ce sourd-muet, orphelin, et sans appui, parvint, après de longs travaux, à découvrir sa patrie ; et que, loin d'avoir eu des regrets de ce qu'il avait fait pour son élève, *l'abbé De l'Epée* est mort avec la conviction intime que cet infortuné appartenait à une famille honorable, et qu'il avait été victime de la plus criminelle ambition... Voilà ce qui m'a été assuré par plusieurs personnes qui ont connu le fondateur de l'institution des sourds-muets ; voilà ce que j'ai voulu retracer, pour honorer sa mémoire et intéresser en faveur de ceux qu'il fit les légataires de son génie... J'ai eu le bonheur d'atteindre ce double but : tous les yeux sont mouillés de douces larmes, en voyant sur la scène française *l'abbé De l'Epée ;* et la proscription du bon, du respectable *Sicard* vient enfin de cesser !... Que les ennemis de mes succès, que les vils suppôts de la calomnie s'unissent et redoublent d'efforts, ils ne pourront m'arracher les jouissances pures que j'ai déjà recueillies de mon ouvrage !

CARACTÈRES ET COSTUMES DES ROLES.

L'Abbé De l'Épée, fondateur de l'institution des sourds-muets, âgé de 66 ans. — Habit brun ; veste, culotte et bas noirs, cheveux blancs taillés en rond, et frisant un peu vers la pointe ; large calotte, col blanc, chapeau ecclésiastique. A sa première entrée, des guêtres de toile grise à petits boutons noirs, les chaussures couvertes de poussière ; un bâton noueux à la main. Dans le reste de la pièce, bas noirs, souliers propres et carrés, petites boucles rondes d'argent.

Ce rôle ne doit jamais sortir d'un ton simple et patriarcal : il doit néanmoins laisser briller une pénétration à laquelle rien ne peut échapper ; le génie et la bonté doivent s'y montrer tour à tour et s'y confondre ; l'usage de la bonne société, et même les dehors de l'amabilité, doivent s'y nuancer également. Une piété douce et sans affectation, une confiance sans bornes dans la Providence à laquelle il attribue ses succès et dévoue ses travaux ; de la force sans audace, en présence du spoliateur de son élève, et partout une grande connaissance de la nature ; telles sont les bases principales de ce personnage le plus important de la pièce.

Nota. Que ne m'est-il possible de peindre ici fidèlement *Monvel*, qui offrait dans ce rôle, le modèle parfait de la nature et de la vérité !

Jules, unique rejeton des comtes *d'Harancour*, sous le nom de Théodore, sourd-muet de naissance, âgé de 18 ans. — Redingote noisette, non croisée, gilet blanc, culotte grise, bas à volonté, et petites bottes en forme de brodequins ; cravatte de couleur nouée lâchement ; cheveux demi-poudrés, petit catogan ; chapeau rond qui doit tomber en entrant en scène, afin de mettre à découvert toute l'expression de sa figure. A la première entrée, ses chaussures doivent être également couvertes de poussière.

Ce rôle exige la plus grande intelligence et la plus extrême sensibilité. Une confiance sans réserve pour son instituteur, et toujours le désir d'intéresser à son sort. Une tenue décente et modeste ; le coup d'œil vif et pénétrant, toujours accompagné d'un geste qui annonce qu'il comprend ou ce qu'il voit, ou ce qu'on lui explique.

Nota. Le talent inimitable de madame *Vanhove-Talma*

me détermina à lui donner ce rôle, pour lequel elle voulut bien renoncer au charme irrésistible de son organe ; mais cela ne doit pas faire loi attendu que le rôle peut être joué par tout jeune premier qui réunirait à une figure agréable, les moyens qu'exige ce personnage très-difficile, dans lequel il ne faut pas oublier d'employer un effet dû au génie de l'artiste qui l'a créé ; c'est de saisir tous les momens où les autres personnages s'attendrissent sur ses malheurs, pour les fixer avec une béatitude et un sourire aimable qui prouve sa surdité.

DARLEMONT, oncle et spoliateur du jeune comte, âgé de 55 ans. — Habit de riche financier, perruque ronde et poudrée.

Ce personnage est très-important dans la pièce ; aussi, malgré tout l'odieux qu'il présente, *Grandménil* voulut bien s'en charger, et je me fis un devoir de lui en témoigner publiquement ma reconnaissance.

Ce rôle exige beaucoup de talens, un coup d'œil sombre et rapide, beaucoup de tenue, et les dehors d'une ambition qui ne permet pas aux remords de se faire entendre.

SAINT-ALME, fils unique de *Darlemont*, compagnon d'enfance de Jules, âgé de 20 ans. — Au premier acte, frac simple, sans chapeau : dans le reste de la pièce, habit brodé de premier rôle, épée, et chapeau à plumet.

Caractère bouillant, amour indomptable, sensibilité jusqu'à l'égarement. C'est en un mot, un nouveau *St.-Albin*, du *Père de Famille* ; mais il faut observer que, dans le quatrième acte, et presque dans tout le cinquième, l'honneur et le sort de son père doivent l'emporter sur l'amour. — C'est une nuance que M. *Damas* fait sentir avec un talent très-remarquable.

FRANVAL, avocat célèbre de Toulouse, âgé de 50 ans. — Au deuxième acte, robe de chambre de soie, et mules ; culotte, veste et bas noirs, coiffé et poudré ; les cheveux longs et relevés avec un peigne. Dans le reste de la pièce, vêtement noir complet, cheveux longs, chapeau sous le bras.

Ce rôle exige la plus grande tenue. Ennemi des préjugés, mais ami des mœurs, tous ses pas, tous ses mouvemens doivent être pleins de dignité. Il porte l'amour des grands hommes jusqu'à l'enthousiasme. Il ne néglige aucun détail pour le bonheur des autres, et particulièrement de sa sœur. Le combat pénible entre son amitié pour *St.-Alme*, et son admiration pour *l'abbé De l'Épée*, doit marquer principalement dans ce rôle qui appartient aux premiers emplois, soit comiques, soit tragiques.

MADAME FRANVAL, mère de l'avocat, et veuve d'un ancien sénéchal, âgée de 60 ans. — Robe à plis, de forte étoffe; demi-bonnet, fichu respectueux.

Ce rôle doit être mêlé de noblesse et d'aigreur qui doit diminuer insensiblement, surtout au dernier acte.

CLÉMENCE, fille de madame *Franval*, et sœur de l'avocat; 18 ans. — Coiffure en cheveux; vêtement blanc.

Ingénuité décente; amour dissimulé. Au cinquième acte, jeu pantomime plein d'expression.

DUPRÉ, ancien valet de chambre de la famille d'*Harancour*; complice de *Darlemont*, au service de qui il est; 60 ans. — Perruque blanche à bourse; habit, veste, culotte et bas mordorés.

De la sensibilité, de la force, et l'expression du remords. Ce rôle appartient aux seconds pères nobles.

DUBOIS, valet de chambre de *Darlemont*; 35 ans. — Livrée, chapeau galonné. Premier comique.

DOMINIQUE, vieux domestique de la famille *Franval*; 66 ans. — Perruque blanche à bourse; habit et culotte gris de fer, simples boutonnières d'argent; veste écarlate galonnée; bas roulés, souliers carrés; point de chapeau.

Caractère gai, goguenard et familier; aimant à épier les amans, et à les faire endèver; de la curiosité, du bavardage pour les choses ordinaires; de la probité et de la discrétion dans les choses sérieuses.

Ce rôle est très-important dans l'ouvrage par la nuance qu'il y produit.

MARIANNE, veuve d'un ancien portier de l'hôtel d'*Harancour*; 60 ans. — Déshabillé à plis, et à bottes retroussées; large bonnet, coiffure noire nouée sous le menton.

Duègne bonne et reconnaissante.

PERSONNAGES.

L'ABBÉ DE L'ÉPÉE.

JULES, comte d'Harancour, connu sous le nom de THÉODORE, sourd et muet.

DARLEMONT, oncle maternel et tuteur de *Jules*.

ST.-ALME, fils unique de Darlemont.

FRANVAL, avocat.

DUPRÉ, ancien valet de chambre.

DUBOIS, valet de chambre de Darlemont.

DOMINIQUE, vieux domestique de la famille Franval.

Mme. FRANVÀL, mère de Franval et de Clémence.

CLÉMENCE, sœur de Franval.

MARIANNE, veuve d'un ancien portier de l'hôtel d'Harancour.

La scène se passe à Toulouse.

Nota. On a observé, dans l'impression, l'ordre des places des personnages, en commençant par la gauche des spectateurs (ce qui est la droite des acteurs). Les changemens de places sont indiqués par des renvois au bas des pages.

Les noms des personnages imprimés en caractères *italiques* indiquent qu'ils ne sont pas sur le devant de la scène.

D. L. P.

L'ABBÉ DE L'ÉPÉE,

COMÉDIE HISTORIQUE.

ACTE PREMIER.

(Le théâtre représente une place publique de la ville de Toulouse : sur le côté gauche, on voit la façade et l'entrée de l'ancien hôtel d'Harancour ; de l'autre côté, et vis-à-vis, est la maison de la famille Franval.)

SCÈNE I.

DUBOIS, St.-ALME.

(St-ALME en habit du matin, sort d'abord seul de l'hôtel ; il reste immobile au milieu du théâtre, et attache ses regards sur l'une des croisées de la maison Franval. DUBOIS sort de l'hôtel, un instant après.)

DUBOIS.

Qui jamais eût pensé, monsieur, que vous fussiez déjà sorti ? (*A part.*) Il ne m'entend pas ; il est tout entier... La tête n'y est plus quand on aime ; on voit tout, et l'on ne voit rien ; on entend tout, et l'on ne dit rien.

St.-ALME, revenant de sa rêverie, et apercevant Dubois.

Ah ! c'est toi, Dubois ?

DUBOIS.

J'avais beau chercher dans votre appartement.

St.-ALME.

Que me veux-tu ?

DUBOIS.

Je venais instruire monsieur de l'entretien qu'il m'avait recommandé d'avoir avec Dupré.

St.-ALME.

L'as-tu fait expliquer sur les intentions de mon père ? Lui seul est l'unique dépositaire de tous ses secrets.

L'abbé de l'Épée.   I

DUBOIS.

Il est vrai qu'on ne vit jamais un valet-de-chambre avoir autant de communications avec son maître.

St.-ALME.

Eh bien?

DUBOIS.

Eh bien! monsieur, j'ai exécuté vos ordres, et j'ai tout appris.

St.-ALME, avec vivacité.

Mon père, sans doute....

DUBOIS.

Il est rude à manier ce bon homme Dupré.

St.-ALME, avec impatience.

Que m'importe? instruis-moi seulement....

DUBOIS.

Il est avec cela d'une tristesse, d'une rêverie!... On dirait qu'il traîne après lui le souvenir d'une mauvaise action.

St.-ALME.

Lui!... c'est le plus honnête homme!... Depuis si long-temps qu'il est au service de mon père.... Mais au fait; je te l'ordonne.

DUBOIS.

Vous saurez donc qu'hier au soir, quand tout le monde de l'hôtel fut retiré, j'entrai chez Dupré, sous le prétexte d'y prendre de la lumière; et là, je fis tomber adroitement la conversation sur les vues qu'on a pour votre établissement; j'appris que vos doutes n'étaient que trop bien fondés, et que déjà monsieur votre père avait donné des ordres pour votre mariage avec la fille du président d'Argental.

St.-ALME.

Ciel! suis-je assez malheureux!

DUBOIS.

La demoiselle n'est pas jolie; non, elle n'est pas jolie... mais elle est fille unique du premier magistrat de Toulouse, et l'héritière d'une fortune immense.

St.-ALME.

Que me fait le rang de son père, et que me font ses ri-chesses? Tout cela ne vaut pas un regard de Clémence.

DUBOIS.

Il est vrai que la jeune personne est charmante;... mais

monsieur votre père ne consentira jamais qu'elle soit votre épouse.

St.-ALME.

Eh! pourquoi?... N'est-elle pas la fille d'un magistrat dont la mémoire est honorée; la sœur du plus célèbre avocat de Toulouse, dont j'ai le bonheur d'être l'ami? Autrefois mon père, simple négociant et dans la médiocrité, eût regardé comme un honneur insigne de m'unir à la fille du sénéchal Franval; mais, depuis qu'il possède les biens du jeune d'Harancour dont il était l'oncle et le tuteur, son âme est livrée toute entière à l'ambition.

DUBOIS.

J'ai souvent entendu parler du jeune comte d'Harancour par les anciens domestiques de l'hôtel... N'était-il pas sourd et muet de naissance?

St.-ALME.

Précisément. Mon père le conduisit à Paris, il y a huit ans environ, pour consulter les gens de l'art sur son infirmité; mais, soit qu'on lui eût administré des remèdes au-dessus de ses forces, ou que la nature eût trop d'efforts à faire, il y mourut dans les bras de Dupré, qui seul avait accompagné mon père.

DUBOIS.

Je ne m'étonne plus si je surprends aussi souvent Dupré attaché sur le portrait de cet enfant, qui est dans le salon, parmi les tableaux de famille.

St.-ALME, avec sensibilité.

C'est assez naturel; le jeune comte était l'unique rejeton d'une famille illustre, dont Dupré fut long-temps le serviteur fidèle... Mon pauvre petit Jules!... comme nous nous aimions! Je lui devais la vie. Avec quel courage il s'exposa pour moi... Jamais, non, jamais, il ne sortira de mon cœur. Il avait dix ans à peu près, et moi douze environ, quand on nous sépara. Je crois être encore au moment de son départ... Il ne pouvait parler, le malheureux; mais sa figure avait une expression!... tous ses mouvemens étaient si prononcés! il me serrait si tendrement!... on eût dit qu'il pressentait m'embrasser pour la dernière fois.... Ah! que n'existe-il encore! j'aurais un ami de plus; et mon père, moins opulent, ne m'empêcherait pas aujourd'hui d'être l'époux de Clémence.

DUBOIS.

Monsieur, sans doute, est bien certain que la jeune personne répond à son amour ?

St.-ALME.

Tu sais bien que je vais tous les matins dans le cabinet de son frère, pour me perfectionner dans l'étude des lois; Clémence ne manque jamais de venir nous y trouver, et pour cela elle emploie mille prétextes ingénieux que l'amour seul peut inspirer... Ses regards s'arrêtent-ils sur les miens, bientôt son teint s'anime, sa respiration s'arrête par degrés... M'adresse-t-elle la parole, aussitôt sa voix s'altère, ses lèvres frémissent; on dirait qu'elle craint de laisser échapper un secret... Si tout cela n'est pas de l'amour, à quelles preuves plus fortes, à quels indices plus certains, pourra-t-on jamais le reconnaître ?

DUBOIS.

J'oserai néanmoins observer à monsieur, qu'avant de rien entreprendre, il lui faudrait l'aveu formel de celle qu'il aime, et surtout celui de sa famille.

St.-ALME.

Je suis sûr d'avance de celui de son frère. Franval est trop pénétrant, pour ne s'être pas aperçu que j'adorais Clémence; et s'il n'approuvait pas mon penchant pour sa sœur, me prodiguerait-il tant de soins? m'accueillerait-il avec tant d'amitié? Tout ce que je redoute, c'est le caractère de sa mère.

DUBOIS.

La chère dame est un peu brusque et revêche.

St.-ALME.

Madame Franval, née d'une famille célèbre, est d'une fierté bien au-dessus encore de celle de mon père; mais son fils a tant d'empire sur elle, qu'il parviendra facilement à lever tous les obstacles, et à lui faire approuver mon amour.

SCÈNE II.

DUBOIS, St.-ALME, *DOMINIQUE.*

(La porte de la maison Franval s'ouvre : DOMINIQUE paraît.)

DUBOIS, pendant que Dominique ferme la porte.

J'aperçois leur vieux domestique ; faisons-le jaser : la chose ne sera pas difficile. Tâchons surtout de nous assurer encore des sentimens de la jeune Clémence.

DOMINIQUE, avec gaîté et bavardage.

Oh! oh! je ne m'attendais pas à vous trouver là d'aussi bonne heure... (*A Dubois, en lui serrant la main.*) Bonjour, mon voisin. (*A St.-Alme.*) Il est vrai que l'air du matin rafraîchit le sang, calme les idées ; et, à votre âge... (*Ricanant.*) Et puis, comme dit le proverbe : Amour et repos habitent difficilement ensemble.

DUBOIS.

Comment? que voulez-vous dire, Dominique?

DOMINIQUE, toujours ricanant.

Tiens, cet autre avec sa mine hypocrite... Oh! j'ai de bons yeux, et, malgré mes soixante ans, je me sens de force encore à défier l'amant le plus rusé de me faire perdre la piste. (*A St.-Alme qui porte toujours ses regards sur les fenêtres de la maison Franval.*) Vous attendez qu'on se montre à la croisée?... Nous n'y paraîtrons pas sitôt... Nous avons passé jusqu'à deux heures du matin à répéter sur la guitare les jolis couplets que vous fîtes sur notre convalescence ; et nous sommeillons encore, en rêvant probablement à l'auteur. (*Ricanant.*) Ah! ah! ah! ah!

St.-ALME.

Votre gaité me désarme, bon Dominique, et me fait bannir toute feinte : oui, j'adore votre belle maîtresse.

DUBOIS.

Et c'est précisément de cet amour-là que je voudrais guérir monsieur.

DOMINIQUE.

L'en guérir ! Et pourquoi ?

DUBOIS.

Vous qui avez tant d'expérience, Dominique, vous avez
dû remarquer, comme moi, que mademoiselle Franval était
loin de partager les sentimens qu'elle inspire à mon maître.

DOMINIQUE, ironiquement.

Ah! vous avez remarqué cela?

DUBOIS.

Très-distinctement; cela saute aux yeux.

DOMINIQUE, sur le même ton.

Eh bien! vous êtes pénétrant. Tudieu! quel gaillard pour
déchiffrer les gens!

St.-ALME.

Est-ce que vous auriez remarqué, au contraire?...

DOMINIQUE.

Que ma jeune maîtresse vous aime... que dis-je, vous aimer... ce n'est rien, monsieur; elle ne pense plus, n'agit
plus, n'existe plus que pour vous.

St.-ALME, avec élan.

Comment! il se pourrait?...

DUBOIS, bas, et le retenant.

Modérez-vous, si vous voulez tout savoir... (*Haut.*) Mais
enfin, Dominique, quelles preuves avez-vous que son
amour?....

DOMINIQUE.

Quelles preuves? j'en ai mille... quand ce ne serait que la
maladie qui pensa nous l'enlever il y a quelques mois.....
Dans son transport, qui appelait-elle à chaque instant?
monsieur St.-Alme. Quand elle parcourait la liste des personnes qui venaient s'informer de son état, à quel nom s'ar-
rêtait-elle en rougissant? à celui de monsieur St.-Alme.
(*Imitant le ton faible d'une jeune convalescente.*) « Il
» est donc venu? me disait-elle avec cette voix d'ange que
» vous lui connaissez. — Oui, mademoiselle. — Souvent?—
» A toute heure. —Et il a témoigné?... —Oh! l'intérêt le
» plus vif, la plus tendre inquiétude. » Aussitôt je voyais
tressaillir ses pauvres membres affaiblis; ses beaux yeux se
mouillaient de douces larmes; et sa jolie bouche, où renais-
sait le plus aimable sourire, laissait échapper ces mots : « Je
» suis mieux.... beaucoup mieux... Je sens que je reviens à
» la vie » (*Ricanant.*) Ah! ah! ah!

St.-ALME, retenant à peine son émotion.

Il est certain que toutes ces circonstances...

DUBOIS, brusquement.

Ne sont pas suffisantes, selon moi, pour assurer à monsieur...

DOMINIQUE.

Ah! ce n'est pas suffisant?... Et cette dispute que j'eus l'autre jour avec elle..... (*Riant de toutes ses forces.*) Ah! ah! ah! ah! Je ne saurais m'empêcher d'en rire encore.

St.-ALME.

Comment donc?....

DOMINIQUE.

J'entre, selon ma coutume, pour faire son appartement. Elle était occupée à finir un portrait en miniature; et travaillait avec tant d'intérêt, qu'elle ne fit pas plus d'attention à moi, que si j'eusse été à cent lieues de là. Moi, de m'approcher bien doucement.... Rien n'amuse comme d'épier les amoureux....

St.-ALME.

Eh bien?

DOMINIQUE.

Je jette les yeux sur la peinture, et je vous reconnais.

St.-ALME, transporté.

C'était moi!

DOMINIQUE.

Vous-même.... « Oh! que c'est ressemblant! » m'écriai-je avec un mouvement involontaire. « Trouves-tu? me dit-elle, » effrayée et quittant brusquement l'ouvrage.—Il faudrait » être aveugle, mademoiselle, pour ne pas voir que c'est là...— » Qui donc?—Eh! parbleu, monsieur St.-Alme. — Mon- » sieur St.-Alme! reprit-elle embarrassée, et d'un air de » dépit, ce n'est point lui; c'est mon frère que j'ai voulu » peindre d'idée. — Cela se peut, mademoiselle; mais sans » doute vous aurez pris l'un pour l'autre, car je vous assure » que c'est monsieur St.-Alme trait pour trait.—Et moi, je te » soutiens que c'est mon frère, que ce ne peut-être que mon » frère. » Et là-dessus, elle cacha le portrait dans son sein, et sortit fâchée contre moi, pour la première fois de sa vie. (*Riant encore plus fort.*) Ah! ah! ah! ah!

St.-ALME.

Que tous ces détails me sont chers!

DOMINIQUE.

Mais j'oublie en causant avec vous...

St.-ALME, *le retenant.*

Un moment, bon Dominique, un moment.... Vous ne vous doutez pas du bien que vous me faites.

DOMINIQUE.

Vraiment, je le crois bien; mais vous ne vous doutez pas aussi des commissions dont je suis accablé. C'est madame par-ci, monsieur l'avocat par-là; et, par-dessus tout cela, mademoiselle.... Surtout, monsieur, gardez-vous bien de lui faire soupçonner que nous ayons jasé ensemble; car elle me ferait un train!... C'est que les jeunes personnes, voyez-vous, ont une manière d'aimer, une dissimulation... (*A Dubois, en lui serrant la main.*) Au revoir, habile observateur, officieux clairvoyant. Direz-vous encore que votre maître n'est point aimé, que vous l'avez remarqué très-distinctement, que cela saute aux yeux?... (*Riant de tout son cœur.*) Ah! ah! ah! ah! (*Il sort par le fond du théâtre.*)

SCÈNE III.

DUBOIS, St.-ALME.

St.-ALME.

Eh bien! Dubois?

DUBOIS.

Eh bien! monsieur; on vous paye du plus tendre retour, rien n'est plus clair.

St.-ALME.

Et l'on voudrait m'unir à une autre que Clémence!... jamais; non, jamais!....

DUBOIS.

En ce cas, il faut aviser promptement aux moyens d'arrêter monsieur votre père dans ses projets. Il est impérieux et violent. La crise sera forte, je vous en avertis.

St.-ALME.

C'est à toi de me seconder dans cette grande entreprise.

DUBOIS.

Voici donc mon avis. D'abord, vous rendre à l'heure accoutumée chez monsieur l'avocat Franval; lui faire part de votre amour pour sa sœur, et de la résolution où vous êtes

de la

de la nommer votre épouse ; déclarer ensuite vos sentimens à la jeune personne, en présence de son frère ; obtenir leurs aveux ; et aussitôt aller chez le président d'Argental à la fille de qui l'on veut vous unir ; l'intéresser, avec ce ton que vous possédez si bien ; et par-là détruire dans leur source même les intentions de monsieur votre père.

St.-ALME.

Tu as raison.... oui, j'adopte ce plan... Une pareille démarche est délicate sans doute ; mais j'y mettrai tant de respect.... tant de franchise.... Le premier président est juste et sensible, il prendra part à mes peines, s'intéressera à mon amour : oh ! oui, il s'y intéressera.... Son hôtel est à deux pas d'ici ; va t'informer de l'heure à laquelle il pourrait m'accorder un entretien particulier ; tu reviendras m'aider ensuite à passer un habit plus décent.

DUBOIS.

Je reviens dans l'instant.

(St.-ALME rentre dans l'hôtel ; DUBOIS sort par un des côtés du fond du théâtre : on aperçoit aussitôt, de l'autre côté, De l'Épée et Théodore.)

SCÈNE IV.

THÉODORE, DE L'ÉPÉE.

(Ils entrent par le fond de la scène, en observant de tous côtés. THÉODORE précède DE L'ÉPÉE, et s'avance dans la plus grande agitation. Ils ont leurs chaussures couvertes de poussière, et l'attitude de personnes qui arrivent d'un long voyage : le vieillard a un bâton noueux à la main.)

THÉODORE.

(Signes exprimant qu'il reconnaît la place sur laquelle ils entrent.)

DE L'ÉPÉE.

A cette émotion subite, à cette altération qui se peint dans tous ses traits, je ne puis plus douter qu'il reconnaît ces lieux.

THÉODORE, regardant de tous côtés.

(Signes plus expressifs encore qu'il reconnaît la place.)

DE L'ÉPÉE.

Serais-je enfin parvenu au terme de mes longues et pénibles recherches ?

THÉODORE.

(Il fixe l'hôtel d'Harancour, avance plusieurs pas vers la porte, jette un cri, et revient suffoqué dans les bras de De l'Épée.)

L'Abbé De l'Épée. 2.

DE L'ÉPÉE.

Quel cri perçant!.. Il respire à peine... Je ne le vis jamais dans une pareille agitation....

THÉODORE.

(*Signes rapides annonçant qu'il reconnaît la maison de ses pères.*) (*a*)

DE L'ÉPÉE, désignant l'hôtel.

Oui, c'est là qu'il reçut la vie... Séjour qui nous vis naître, lieux chéris où s'écoula notre enfance, jamais vous ne perdez vos droits!

THÉODORE.

(*Signes exprimant sa reconnaissance à De l'Épée, dont il baise les mains.*)

DE L'ÉPÉE.

(*Signes que ce n'est point lui qu'il faut remercier; mais Dieu seul, qui a dirigé leurs travaux. THÉODORE met aussitôt un genou en terre, et exprime, par son jeu pantomime, qu'il demande au ciel de répandre ses bénédictions sur son bienfaiteur. DE L'ÉPÉE incliné et la tête nue, adresse au ciel le couplet suivant :*)

O toi, qui conduis à ton gré les projets des mortels! toi, par qui je fus inspiré dans cette grande entreprise, Dieu tout-puissant! reçois ici les actions de grâce d'un vieillard que tu protégeas sans cesse, et de cet orphelin dont tu m'as fait le second père!... Si j'ai rempli dignement tous mes devoirs, si mon dévouement et mes travaux ont quelques droits à ta justice, daigne en réunir tout le prix sur cet infortuné; fais que dans son bonheur je trouve ma récompense!

(Ils se relèvent, et tombent dans les bras l'un de l'autre.)

Informons-nous maintenant à qui appartient cet hôtel.

(*Signes à Théodore qui veut entrer dans l'hôtel, et qu'il retient.*) (*b*)

(*a*) Entasser ses mains l'une sur l'autre, et les unir les doigts tendus, en forme de toit; désigner ensuite, de la main droite, la taille d'un enfant d'environ deux pieds.

(*b*) Exprimer par un jeu pantomime, un jeune homme qui se présente, et qu'on chasse sans vouloir l'entendre. Théodore exprime à son tour qu'il comprend de l'Épée et qu'il se rend à ses avis.

SCÈNE V.

THÉODORE, DE L'ÉPÉE ; DUBOIS, rentrant du même
côté par lequel il était sorti.

DE L'ÉPÉE, à part.

Voici quelqu'un qui pourra peut-être m'instruire....

(A Dubois, après avoir fait signe à Théodore de s'observer.)

Pourriez-vous me dire comment se nomme cette place?

DUBOIS, les examinant.

Ces messieurs, à ce qu'il me paraît, sont étrangers?....
Vous êtes sur la place de Saint-Georges.

DE L'ÉPÉE.

Je vous suis obligé. (*Retenant Dubois qui s'éloigne.*)
Encore un mot, je vous prie; connaissez-vous ce grand hôtel?....

DUBOIS, les examinant plus sérieusement.

Si je le connais? J'y demeure depuis cinq ans.

DE L'ÉPÉE.

Je ne pouvais mieux m'adresser... Vous l'appelez?....

DUBOIS.

C'est l'ancien hôtel d'Harancour.

DE L'ÉPÉE, d'un ton marqué.

L'hôtel d'Harancour !

DUBOIS.

Aujourd'hui à monsieur Darlemont au service de qui je
suis.

THÉODORE.

(*Il va, pendant ce monologue, fixer de nouveau l'hôtel,
et s'appuie contre la porte avec joie et attendrissement.*)

DE L'ÉPÉE.

Et quel est ce monsieur Darlemont?

DUBOIS, à part.

Voilà bien des questions... (*Haut.*) Ce qu'il est?....

DE L'ÉPÉE.

Oui; son rang? sa profession?

DUBOIS.

Sa profession?... Je ne lui en connais aucune, si ce n'est

d'être un des plus riches habitans de Toulouse. Mais on m'attend, et vous trouverez bon...

DE L'ÉPÉE.

Je serais fâché de vous détourner un instant de vos occupations.

DUBOIS, à part, et en s'en allant.

Ils sont bien curieux, ces étrangers.

(Il rentre dans l'hôtel)

SCÈNE VI.

THÉODORE, DE L'ÉPÉE.

DE L'ÉPÉE, le suivant des yeux.

Il est loin de deviner le motif qui me porte à lui faire ces questions... Ne perdons pas un seul instant, et d'abord gagnons une auberge sûre. Cet hôtel, dont le nom sans doute est celui d'une ancienne famille de cette grande cité, ce Darlemont qui s'en trouve aujourd'hui possesseur, tout cela doit être connu dans Toulouse ; prenons bien tous les renseignemens... (*Pressant dans ses bras Théodore qui revient à lui avec curiosité.*) Si Théodore appartient à des parens sensibles, sans doute ils pleurent encore sa perte : que j'aurais de plaisir à le remettre dans leurs bras !... S'il fut la victime des méchans, fais, ô Providence ! que je puisse les démasquer et les confondre, afin de prouver aux hommes qu'il n'est aucun crime que tu ne dévoiles tôt ou tard, et que rien n'échappe à ta justice éternelle !

(Il sort par le fond du théâtre et emmène Théodore, à qui il fait des signes, et qui regarde, en s'en allant, l'hôtel à plusieurs reprises. La toile baisse.)

FIN DU PREMIER ACTE.

ACTE DEUXIÈME.

(Le théâtre représente l'intérieur du cabinet de Franval : sur le côté gauche, on voit un bureau de travail, sur lequel est un vase de fleurs ; çà et là sont des livres, des cartons et des dossiers.

SCÈNE I.

FRANVAL, seul.

(Il est en robe de chambre et en mules, assis devant son bureau, et tient à la main plusieurs papiers.)

CETTE affaire dont on m'a fait le seul arbitre, ne peut sortir un instant de ma pensée... Il n'en est point de plus importante pour la société, de plus honorable pour ma profession : il s'agit de réunir deux époux divisés... On n'en voit que trop, hélas !... O mon siècle ! ô mon pays ! je m'élèverai contre cet abus destructeur qui vous avilit et vous perd ; je fouillerai jusqu'au fond de l'abîme pour en montrer toute la profondeur ; et si l'égoïsme et la fausse philosophie s'élèvent contre moi, j'aurai pour les combattre, les mœurs en deuil et la nature outragée ; j'aurai le spectacle douloureux de mille et mille enfans abandonnés, et le cri patriarchal de tous les chefs de famille.

SCÈNE II.

FRANVAL, CLÉMENCE.

(CLÉMENCE est vêtue simplement, mais avec goût, et porte à la main une corbeille d'osier remplie de fleurs.)

CLÉMENCE.

Bonjour, mon frère !

FRANVAL.

Bonjour, Clémence !

(Ils s'embrassent)

CLÉMENCE.

Je viens renouveler les fleurs de votre bureau de travail.

(Elle ôte les fleurs qui sont dans le vase, et y substitue celles qu'elle porte dans la corbeille.)

FRANVAL.

Comment ne serais-je pas bien inspiré? chaque matin des fleurs nouvelles, et un baiser de mon aimable sœur! (*Souriant.*) Je connais un jeune légiste à qui cette recette serait au moins aussi profitable qu'à moi.

CLÉMENCE, avec trouble.

Qui donc, mon frère?

FRANVAL.

Qui!... Ne rougis donc pas comme cela. (*Il se lève, la prend par la main, et l'amène sur le devant de la scène, en la regardant fixement.*) Clémence?

CLÉMENCE, baissant les yeux.

Mon frère!

FRANVAL.

Ces fleurs me sont bien chères!... vos baisers bien doux!... mais tout cela n'aurait plus de charmes pour moi, si vous n'y ajoutiez pas encore...

CLÉMENCE.

Quoi donc?

FRANVAL.

Votre confiance.... Va, ton âme est trop pure pour qu'on n'y lise pas aisément...

CLÉMENCE.

N'achevez pas.

FRANVAL.

Et pourquoi te défendre d'un sentiment aussi légitime? St.-Alme ne réunit-il pas tout ce qui rend digne d'être aimé?

CLÉMENCE, avec un abandon gradué.

C'est ce que j'ai cru remarquer.

FRANVAL.

Je ne parlerai point de sa figure....

CLÉMENCE.

Comme elle est expressive!

FRANVAL.

De son maintien...

CLÉMENCE.

Qu'il est noble et décent!

FRANVAL.

Je ne m'arrêterai que sur ses qualités... Quel caractère plus franc, plus aimable que le sien? Quel mortel offrit jamais pour une épouse le plus sûr présage du bonheur?

CLÉMENCE.

C'est ce que je me suis dit souvent.

FRANVAL.

En un mot, il t'aime...

CLÉMENCE.

Vous croyez ?

FRANVAL.

Tu ne t'en es pas aperçue ?

CLÉMENCE.

J'ai craint de me tromper.

FRANVAL.

Tu avoues donc qu'il t'est cher ?

CLÉMENCE.

Ah ! mon frère ! mon frère ! vous m'avez arraché mon secret.

(Elle se jette dans son sein.)

SCÈNE III.

FRANVAL, St.-ALME richement vêtu, CLÉMENCE.

St.-ALME, à Franval, à qui il serre la main.

Bonjour, mon ami !.. (*A Clémence, avec beaucoup d'émotion.*) Mademoiselle, je vous salue.

FRANVAL, avec gaité.

Comme il est paré dès le matin ! Cette toilette annonce de grands projets.

St.-ALME, avec altération.

Il n'en fut jamais de plus importans pour moi.

FRANVAL, sérieusement.

Qu'avez-vous donc ?

CLÉMENCE.

Vous paraissez troublé.

St.-ALME.

Qui ne le serait pas à ma place ? Vous me voyez au désespoir.

CLÉMENCE.

Ciel !

St.-ALME, à Franval.

Mon ami, je n'eus jamais autant besoin de vous.

FRANVAL.

Expliquez-vous, St.-Alme.

CLÉMENCE.

Je vous gêne, peut-être....

(Elle veut sortir.)

St.-ALME, la retenant.

Non, non, restez; de grâce, restez. — Je viens d'avoir avec mon père une scène!...

FRANVAL.

Comment donc ?

St.-ALME.

Elles retentissent encore au fond de mon cœur, les menaces terribles dont il vient de m'accabler. Et cela pourquoi? parce que je ne puis satisfaire son ambition... S'il ne fallait pour cela que mon sang, que ma vie, je les lui donnerais sans peine; mais renoncer pour jamais à ce qu'on aime, oublier ses premières affections!...

FRANVAL.

Calmez-vous, mon ami, et achevez de m'instruire.

St.-ALME.

C'est au sujet de ce mariage que je redoutais, et dont je vous ai parlé plusieurs fois... Mon père vient de me signifier qu'il entendait que, sous trois jours, tout fût terminé—« Sous » trois jours! ai-je répondu; Jamais, non, jamais. » A ces mots qui me sont échappés avec force, mon père est entré dans un emportement que mes excuses ni mes prières n'ont pu calmer... Enfin, pressé de m'expliquer, espérant que le nom de celle que j'adore le désarmerait, j'ai avoué que mon cœur avait fait un choix, et j'ai nommé Clémence.

CLÉMENCE.

Qui, moi?

St.-ALME, tombant à ses genoux.

Il ne m'est plus possible de vous le taire; c'est vous... oui, vous seule que j'aime, que j'aimerai toute ma vie; et, si vous daignez approuver...

CLÉMENCE, avec le plus grand trouble, et relevant St.-Alme.

Sur cet aveu, qu'a répondu monsieur votre père ?

St.-ALME.

« Elle est belle, a-t-il dit, d'un ton confus et embarrassé; » oui, elle est digne de votre choix... mais j'ai disposé de » vous, il faut l'oublier.—Il m'est impossible.—Impossible!» a-t-il repris d'une voix terrible, et donnant alors tout l'essor

à sa

à sa colère, il m'a fait les reproches les plus déchirans, m'a menacé de sa malédiction, m'a ordonné de fuir pour jamais de sa présence... A cet ordre affreux mon sang a bouillonné; ma tête s'est égarée, j'ai craint de n'en être plus le maître; et, pour supporter l'idée d'être banni du sein d'un père, je suis venu me réfugier dans celui de mon ami.

FRANVAL, le pressant dans ses bras.

Oui, votre ami qui se fera un devoir de vous aider de ses conseils... Le premier que je vous donne, St.-Alme, c'est de modérer cette sensibilité qui vous égare, et de ne pas oublier qu'un père est respectable... jusque dans ses erreurs.

St.-ALME.

Jamais Clémence ne me parut plus belle; et, si vous consentez tous les deux...

FRANVAL.

Il m'eût été bien doux, sans doute, de vous voir l'époux de ma sœur, de pouvoir confondre les noms de frère et d'ami... Clémence elle-même...

CLÉMENCE.

Mon frère!....

FRANVAL.

Et pourquoi lui refuser un aveu qui seul peut adoucir ses chagrins?— Oui, St.-Alme, quels que soient vos sentimens pour Clémence, ils ne sont que l'échange de ceux que vous lui avez inspirés.

St.-ALME.

Il est donc vrai!... je suis aimé!... (*A Clémence.*) Ah! pour croire à tant de bonheur, j'ai besoin d'entendre Clémence me le confirmer encore.

CLÉMENCE.

Puisque mon frère a tout avoué... il ne m'est plus possible de me taire; oui, vous m'êtes cher; oh! bien cher!... Mais pourquoi vous révéler le secret de mon cœur, lorsque monsieur votre père s'oppose....

St.-ALME, avec ivresse.

Je saurai l'adoucir, dompter malgré lui son inflexibilité. Ah! si tantôt, avant cet aveu, je résistais au courroux d'un père, avec quelle force ne le ferai-je pas maintenant? Je ne répondrai que cela à toutes ses observations, à tous ses emportemens : « Clémence m'aime, mon père; Clémence m'aime! » Mais j'oublie que je dois me rendre chez

le président d'Argental... Il peut plus que personne me seconder dans mes projets... Je l'attendrirai... je pénétrerai
dans son cœur... Eh! qui pourrait ne pas s'intéresser à celui,
qui comme moi, peut dire : Clémence m'aime!

(Il baise les mains de Clémence à plusieurs reprises, et sort avec précipitation.)

SCÈNE IV.

FRANVAL, CLÉMENCE.

FRANVAL.

Que va-t-il faire chez le premier président? et quel est
son dessein?

CLÉMENCE.

Je crains bien que son extrême vivacité ne lui fasse com-
mettre quelqu'imprudence.

SCÈNE V.

FRANVAL, CLÉMENCE, DOMINIQUE ayant plusieurs
gros livres sous le bras.

DOMINIQUE.

Madame votre mère fait demander si l'on déjeunera aujourd'hui dans votre cabinet.

FRANVAL.

Volontiers.

CLÉMENCE.

Vous ne l'avez pas encore vue de la matinée, mon frère;
vous savez comme elle tient à tous ces égards-là.

FRANVAL.

J'ai eu tant d'occupations!.... Je vais la chercher dans son
appartement et lui donner le bras pour descendre.

CLÉMENCE.

Et moi, je cours préparer le déjeuner.

(Ils sortent tous les deux.)

SCÈNE VI.

DOMINIQUE, seul, après avoir déposé les livres sur
le bureau.

Ouf!... Si je n'ai pas fait ce matin deux lieues dans Toulouse, je ne m'appelle pas Dominique... Voyons un peu si
je me suis acquitté de toutes mes commissions (*il tire de
sa poche un petit agenda*); car madame ne manquerait pas
de dire : « Ah! bon Dieu! que ce vieux garçon-là est fatigant! Il n'a pas plus de mémoire!.... » (*Il lit.*) « Aller
» d'abord chez la présidente d'Arbancas, et le prieur de
» St.-Marc, les inviter de la part de madame...» J'ai fait tout
» cela.—«De là passer chez le libraire de monsieur, prendre
» les livres... » Les voici. (*Il désigne les livres qu'il a mis
sur le bureau.*) « Revenir de là chez l'huissier Prestolet,
» lui dire qu'il ait à cesser ses poursuites contre les incen-
» diés du faubourg, et qu'ils sont prêts à payer les six cents
» livres en question. » — Je gage que c'est monsieur l'avocat
qui fournit en secret cette somme, pour sauver cette mal-
heureuse famille. (*Lisant encore.*) « Descendre ensuite
» rue St.-Laurent, et remettre deux louis, de la part de ma-
» demoiselle, à la veuve de l'ancien portier de l'hôtel d'Ha-
» rancour.» — La pauvre chère femme, comme elle a béni
mademoiselle!... Il est vrai qu'elle prévient tous ses besoins,
et cela avec une discrétion, une délicatesse !... Mais on vient,
dépêchons-nous.

(Il va chercher une petite table ronde à dessus de marbre, qui est au fond du théâtre,
et l'approche sur le devant de la scène.)

SCÈNE VII.

FRANVAL , Mme. FRANVAL , CLÉMENCE,
DOMINIQUE.

(DOMINIQUE va chercher un plateau sur lequel sont plusieurs vases et tout ce qui
compose un déjeuner; il le dépose sur la petite table, et sort.)

Mme. FRANVAL s'appuie sur le bras de son fils.

Oui, mon fils, il est peu de familles dans Toulouse, qui
soient d'un nom plus ancien que le vôtre... J'espère que vous
vous en montrerez toujours digne, quoique vous ne soyez
qu'un avocat.

FRANVAL.

Cette profession, ma mère, ne peut qu'honorer celui qui l'exerce…. quel qu'il soit.

(Ils se rangent assis autour de la table : (1) CLÉMENCE sert le déjeuner.)

Mᵐᵉ. FRANVAL

Il m'est affreux, je ne puis vous le dissimuler, de ne pas vous voir sénéchal, et succéder à vos ancêtres ; mais des malheurs et l'injustice des hommes m'ont forcée de vendre cette charge, à la mort de votre père.

FRANVAL.

Et cela m'a fait acquérir par quelques talens, une considération que je n'eusse obtenue que des préjugés et du hasard.

Mᵐᵉ. FRANVAL.

Je sais bien que vous tenez un des premiers rangs dans le barreau ; mais c'est toujours déroger, mon fils ; c'est toujours déroger.

(1) DOMINIQUE, apportant une corbeille de fruits et de petits pains, qu'il place sur la table, et une lettre qu'il remet à Mᵐᵉ. Franval.

Voici une lettre que le valet de chambre de monsieur Darlemont vient de me remettre pour madame.

FRANVAL, d'un ton marqué.

De monsieur Darlemont !

Mᵐᵉ. FRANVAL, ouvrant la lettre.

Que me veut cet homme-là ? (*Elle prend ses conserves, et lit.*) « Madame, permettez-moi de m'adresser à vous même, » pour revendiquer les droits les plus sacrés… » Que veut-il dire ?… (*A Dominique.*) Laissez-nous.

(DOMINIQUE sort.)

SCÈNE VIII.

Mᵐᵉ. FRANVAL, FRANVAL, CLÉMENCE.

Mᵐᵉ. FRANVAL, continuant de lire.

« Pour revendiquer les droits les plus sacrés. Mon fils aime mademoiselle votre fille, et s'en dit aimé…..

(Mouvement de Clémence sur qui Mᵐᵉ. Franval jette un regard sévère.

FRANVAL.

Ma mère, continuez, je vous prie.

(1) Mᵐᵉ. Franval, Franval, Clémence, Dominique.
(2) Dominique, Mᵐᵉ. Franval, Franval, Clémence.

Mme. FRANVAL, continuant de lire.

« Quel que soit le penchant de mon fils, quelque légi-
» time que puisse être le choix qu'il a fait de mademoiselle
» Franval, leur union ne saurait avoir lieu... » (*Avec véhémence.*) Non, sans doute, elle n'aura jamais lieu.

CLÉMENCE, à part.

Que je souffre !

FRANVAL, à sa mère.

De grâce, achevez.

Mme. FRANVAL, achevant de lire.

« J'espère donc, madame, que vous cesserez de lui donner
» accès dans votre maison; et que vous ne l'aiderez plus à
» braver les droits et l'autorité d'un père. DARLEMONT. » —
« Que vous ne l'aiderez plus !.... » Jamais on ne poussa aussi
loin l'irrévérence et l'audace.

FRANVAL.

Ma mère, calmez-vous.

Mme. FRANVAL.

Eh ! qui lui a dit à ce petit négociant devenu grand sei-
gneur, que je cherchais à m'allier avec lui? A-t-il oublié que,
malgré toutes ses richesses, il est entre nous une disdropor-
tion de naissance.... J'ose croire, mon fils, que, d'après un
pareil outrage, vous ne recevrez plus ici le jeune St.-Alme.
Et, quant à son père.... si jamais....

SCÈNE IX.

Mme. FRANVAL, FRANVAL, CLÉMENCE,
DOMINIQUE.

DOMINIQUE.

Monsieur, il y a là un étranger qui voudrait vous parler.

FRANVAL.

Un étranger ?

DOMINIQUE.

C'est un vieillard à cheveux blancs... comme qui dirait un
vieux pasteur.

FRANVAL.

Faites entrer.

(DOMINIQUE sort.)

SCÈNE X.

Mme. FRANVAL, FRANVAL, CLÉMENCE.

(FRANVAL se lève , et roule la petite table sur un des côtés du théâtre.)

Mme. FRANVAL, toujours assise, et relisant la lettre avec colère.

« Leur union ne saurait avoir lieu.... »

CLÉMENCE , bas à Franval.

O mon frère ! il n'est plus de bonheur pour moi !

SCÈNE XI.

DE L'ÉPÉE, FRANVAL, Mme. FRANVAL, CLÉMENCE, DOMINIQUE.

DOMINIQUE, introduisant De l'Épée.

Entrez, monsieur, entrez.

(DE L'ÉPÉE salue en entrant Mme. Franval et Clémence qui lui rendent son salut.)

DE L'ÉPÉE, à Franval qui s'avance au-devant de lui.

C'est à monsieur Franval que j'ai l'honneur de parler ?

FRANVAL.

Oui, monsieur.

DE L'ÉPÉE.

Vous serait-il possible de m'accorder quelques momens d'entretien ?

FRANVAL.

Bien volontiers.

(Il fait , à Dominique, signe de sortir ; il obéit.)

SCÈNE XII.

DE L'ÉPÉE, FRANVAL, Mme. FRANVAL, CLÉMENCE.

FRANVAL.

Pourrais-je savoir qui j'ai l'honneur de recevoir chez moi ?

DE L'ÉPÉE.

Je suis de Paris, et me nomme De l'Épée.

FRANVAL.

De l'Épée !.... le fondateur de l'institution des sourds et muets ?

DE L'ÉPÉE.

C'est moi-même.

FRANVAL.

Ma mère!.... ma sœur!.... vous voyez un des hommes qui honorent le plus notre siècle.

(Mme. FRANVAL et CLÉMENCE se lèvent, et font à De l'Épée le salut le plus respectueux.)

DE L'ÉPÉE, avec modestie.

Monsieur....

FRANVAL.

Je lis souvent les résultats miraculeux de votre école; et j'éprouve à chaque fois une surprise, une admiration! Croyez que personne ne porte plus d'intérêt que moi à vos travaux, plus de respect à votre nom.

DE L'ÉPÉE.

Je vois que j'ai bien fait de m'adresser à vous.

FRANVAL.

Qui peut donc me procurer le bonheur de vous voir?

DE L'ÉPÉE.

Votre réputation, monsieur.... Vous avez aussi la vôtre. J'aurais à vous communiquer une affaire de la plus haute importance.

Mme. FRANVAL, à Clémence.

Retirons-nous, ma fille, et laissons ces messieurs....

DE L'ÉPÉE.

Ce que j'ai à révéler ici ne saurait être trop connu; j'ai besoin surtout d'intéresser les âmes sensibles. Si ces dames veulent m'entendre....

Mme. FRANVAL, avec un motif de curiosité.

Puisque vous le permettez....

CLÉMENCE, à part, et fixant De l'Épée.

Quel ton paternel! et quel air vénérable!

FRANVAL, offrant un fauteuil à De l'Épée.

Asseyez-vous, je vous prie.

DE L'ÉPÉE.

(Il s'assied entre Mme. Franval et son fils : CLÉMENCE s'assied auprès de sa mère.) (1)

Voici le sujet qui m'amène.... Je serai peut-être un peu long; mais je ne dois rien négliger pour arriver au but que je me propose.

(1) Franval, De l'Épée, Mme. Franval, Clémence, assis.

FRANVAL, avec empressement.

Nous vous écoutons.

DE L'ÉPÉE.

Il y a huit ans environ, c'était vers la fin de l'automne, un officier de police amena chez moi, à Paris, un jeune sourd-muet de naissance que le guet avait trouvé sur le Pont-Neuf, à l'entrée de la nuit. J'examinai cet enfant : il me parut âgé de neuf à dix ans, et d'une figure intéressante. Des vêtemens grossiers qui le couvraient, me firent croire d'abord qu'il appartenait à l'indigence ; et je promis de m'en charger. Le lendemain, l'ayant examiné de plus près, je remarquai de la fierté dans ses regards, et de la surprise de se trouver sous des haillons ; et je ne doutai plus que ce ne fût un enfant déguisé qu'on avait égaré à dessein. Je le fis annoncer dans les papiers publics ; j'y donnai son signalement et tous les renseignemens nécessaires, mais vainement : les infortunés ne sont pas ceux qu'on s'empresse de réclamer. Voyant que mes recherches étaient inutiles ; convaincu que cet enfant était victime de quelqu'intrigue secrète, je ne songeai plus qu'à puiser des renseignemens dans lui-même. Je lui donnai le nom adoptif de Théodore, et le mis au nombre de mes élèves parmi lesquels il ne tarda pas à se distinguer ; il confirma si bien mes espérances, qu'au bout de trois ans, il ouvrit son âme à la nature, et se trouva créé une seconde fois. Mille souvenirs alors vinrent frapper son imagination. Je lui parlais par signes aussi prompts que la pensée, et il me répondait de même. Un jour que nous passions dans Paris, devant le Palais de Justice, il vit descendre un magistrat de sa voiture, et tressaillit. Je lui demandai d'où provenait ce mouvement involontaire. Il me fit entendre qu'un homme vêtu de même de pourpre et d'hermine, l'avait souvent pressé dans ses bras et mouillé de ses larmes. Je jugeai, par ce premier indice, qu'il était ou le fils, ou le proche parent d'un magistrat ; que ce magistrat, d'après son costume, ne pouvait appartenir qu'à un siége supérieur ; en conséquence, que la patrie de mon élève était une ville capitale. Un autre jour, en parcourant ensemble le faubourg St.-Germain, nous vîmes passer le convoi d'une personne de qualité. Je remarquai, sur la figure de Théodore, une altération qui augmentait à mesure que défilait le cortége. Au moment où il aperçut le cercueil, il tressaillit encore et se jeta dans mon sein. « Qu'avez-vous ? lui demandai-je. — » C'est que je me rappelle, me dit-il par signes, que, peu

» de temps avant d'être amené à Paris, j'ai suivi de même, en
» manteau noir et les cheveux épars, le cercueil de ce ma-
» gistrat qui m'avait tant carressé ; tout le monde pleurait, et
» je pleurais aussi. » — J'augurai, de ce second indice, qu'il
était orphelin, héritier d'une grande fortune qui sans doute
avait excité des parens avides à profiter de l'infirmité de ce
malheureux, pour envahir ses biens, l'expatrier, et le perdre
à jamais. Ces découvertes importantes me firent redoubler
de zèle et de courage. Théodore devenait chaque jour plus
intéressant, et je conçus le projet de le réintégrer dans ses
foyers. Mais comment les découvrir ? L'infortuné jamais
n'avait entendu prononcer le nom de son père ; il ignorait et
le lieu qui l'avait vu naître, et la famille à laquelle il appartenait. Je lui demandai s'il se rappelait bien l'instant
où il avait vu Paris pour la première fois ; il m'assura qu'il
était sans cesse présent à sa mémoire, et qu'il voyait encore
la barrière par laquelle on l'y fit entrer. Dès le lendemain,
nous voilà parcourant toutes les barrières de Paris. En approchant de celle d'Enfer, mon élève me fait un signe qu'il la
reconnaît ; que c'est là où l'on vint visiter leur voiture ; que
c'est ici qu'il en descendit avec deux personnes qui l'accompa-
gnaient, et dont il se rappelait parfaitement la figure. Ces
nouveaux indices m'assurèrent qu'il était arrivé par la route
du Sud ; et, sur ce qu'il m'ajouta avoir passé plusieurs nuits
dans le voyage, et surtout avoir changé de chevaux d'heure
en heure, je calculai le temps, l'espace, et ne doutai plus
que la patrie de Théodore, était une des principales villes
du midi de la France.

FRANVAL.

Oh ! qu'il est vaste et pénétrant le génie que dirige l'amour
de l'humanité ! Achevez.... achevez.

DE L'ÉPÉE.

Après avoir fait par écrit mille perquisitions inutiles dans
toutes les cités méridionales, je résolus de les parcourir
moi-même avec Théodore, alors trop plein de souvenirs,
pour ne pas reconnaître aisément le lieu de sa naissance.
L'entreprise était longue et pénible : pour en obtenir quelque succès, il fallait voyager à pied ; je suis vieux, mais le
ciel m'inspirait. Malgré mon âge et quelques infirmités, je
quittai Paris il y a soixante-six jours : seul avec mon élève,
je sortis par la barrière d'Enfer qu'il reconnut encore ; et là,
après nous être embrassés, nous invoquâmes l'Éternel, et

nous marchâmes sous ses auspices. Nous avons parcouru successivement plusieurs villes considérables. Théodore, emporté par le désir de retrouver ses foyers, me conduisait souvent dans des lieux qu'il ne reconnaissait plus.... Mes forces commençaient à s'épuiser, et l'espoir semblait m'abandonner pour jamais, lorsque ce matin nous arrivons aux portes de Toulouse.

FRANVAL, avec vivacité:

Eh bien?

(CLÉMENCE se lève, s'approche de De l'Épée, et s'appuie sur le dos du fauteuil de
sa mère.)

DE L'ÉPÉE.

En entrant dans cette ville, Théodore me saisit la main, et me fait signe qu'il la reconnaît. Nous avançons ; à chaque pas, sa figure s'anime, ses yeux se remplissent de larmes. Nous traversons le Cours ; tout à coup il se prosterne, les mains vers le ciel, se relève, et m'annonce qu'il a retrouvé sa patrie. Ivre de joie, comme lui j'oublie les fatigues du voyage ; nous parcourons plusieurs quartiers ; et, en apercevant ce grand hôtel qui est en face de votre demeure, Théodore jette un cri, tombe presque suffoqué dans mes bras, et me désigne la maison de ses pères. Je prends des informations ; j'apprends que c'est l'ancien hôtel des comtes d'Harancour, dont mon élève est l'unique rejeton ; que cet hôtel et tous ses autres biens sont entre les mains d'un monsieur Darlemont, son tuteur et son oncle maternel, qui s'en est fait envoyer en possession sur un extrait de mort dont tout annonce la fausseté. Je demande alors quel est l'avocat de cette ville qui puisse me diriger dans cette affaire importante ; vous m'êtes indiqué comme le plus célèbre ; et je viens, monsieur, vous confier ce que j'ai de plus cher, le fruit de huit années de travail, et le sort de mon cher Théodore. Dieu l'avait déposé dans mon sein pour achever de le créer ; je le dépose en ce moment dans le vôtre, pour lui faire restituer ce qu'il y a de plus précieux pour l'homme, un nom légitime et respectable, et les droits imprescriptibles que lui assurent la nature et les lois.

FRANVAL, avec tout le feu de l'enthousiasme et du sentiment : il se lève ainsi que
sa mère.

Comptez sur tous mes soins ; comptez sur tout le zèle qu'inspire la confiance d'un homme tel que vous. Oh ! si jamais je fus heureux et fier de ma profession, c'est bien en

ce moment! Non, vous ne concevrez jamais l'ivresse où je
suis de pouvoir vous êtes utile.

(Il veut baiser les mains de De l'Épée qui lui tend les bras; il s'y précipite aussitôt.)

DE L'ÉPÉE, avec beaucoup d'émotion, et serrant les mains de Franval.

Je suis bien sûr de vous... je vois couler vos pleurs.

Mme. FRANVAL, avec dignité.

Qui ne serait pas ému, monsieur, par le récit que vous
venez de faire?

CLÉMENCE, dans la plus vive agitation.

Vous avez pénétré jusqu'au fond de nos cœurs.

FRANVAL.

Il est pénible pour moi de trouver un coupable dans le père
de mon ami; et, d'avance, je demande qu'il me soit permis
d'employer auprès de Darlemont, tout ce que pourront me
dicter la prudence et la délicatesse; après quoi, je démasque-
rai sans pitié le faussaire, et lui ferai restituer, au nom des
lois, tous les biens qu'il possède, et dont il ne sera plus à
mes yeux que le vil usurpateur.

Mme. FRANVAL.

Qu'il me tarde de voir ce Darlemont redescendre dans la
médiocrité d'où il était sorti!

CLÉMENCE, à part.

Il me tarde bien plus encore d'y voir aussi son fils.

FRANVAL, à De l'Épée.

Mais où donc avez-vous laissé votre cher Théodore?

DE L'ÉPÉE.

A une auberge, où sans doute il m'attend avec impatience.

FRANVAL.

Eh! pourquoi ne l'avoir pas amené avec vous?

CLÉMENCE.

Que j'aurai de plaisir à le voir!

DE L'ÉPÉE.

Un sourd et muet porte toujours avec lui quelque chose
de pénible; et j'ai craint que sa présence....

FRANVAL.

Ne diminuât l'intérêt qu'il inspire?

DE L'ÉPÉE, serrant une main de Franval.

On n'est pas sûr de rencontrer toujours des cœurs comme
les vôtres.

FRANVAL.

Il faut nous l'amener : je veux le voir et le connaître. J'ose même exiger plus : ce jeune homme ne saurait rester seul : il nous faudra faire ensemble bien des démarches sans lui ; acceptez un appartement chez moi ; jamais je n'aurai mieux connu les charmes de l'hospitalité.

DE L'ÉPÉE.

Vous êtes trop obligeant ; je craindrais.....

Mme. FRANVAL, toujours avec dignité.

Vous ne pouvez, monsieur, que nous faire honneur et plaisir.

CLÉMENCE, du ton le plus caressant.

Après un voyage aussi long, vous devez avoir grand besoin de repos ; vous ne trouverez nulle part les soins que..... que nous prendrons de vous.

DE L'ÉPÉE.

J'avoue que je n'ai pas la force de résister à de pareilles instances. Je retourne auprès de mon élève, et reviens aussitôt vous le présenter.

FRANVAL.

Moi, pendant ce temps-là, je vais songer aux préliminaires de nos opérations. Elles seront difficiles, je ne puis vous le dissimuler. Faire annuler des actes authentiques, arracher une fortune considérable des mains d'un usurpateur ambitieux et puissant, le convaincre de faux ; tout cela demande les plus grandes précautions.

DE L'ÉPÉE.

Je me repose entièrement sur vos talens et sur votre prudence. Quel que soit le résultat de cette grande entreprise, avoir fait mon devoir sera ma consolation ; (*serrant les mains de Franval*) et vous avoir connu, monsieur, sera ma récompense.

(Il sort ; FRANVAL, sa mère et sa sœur le reconduisent, et rentrent dans leur appartement.)

FIN DU DEUXIÈME ACTE.

ACTE TROISIÈME.

(La décoration est la même qu'au second acte.)

SCÈNE I.

CLÉMENCE, DOMINIQUE,

DOMINIQUE.

Non, mademoiselle, non ; monsieur St.-Alme n'est pas rentré chez lui.

CLÉMENCE.

Quel fâcheux contre-temps ! Jamais sa présence ne fut ici plus nécessaire.

DOMINIQUE, souriant malicieusement.

Il viendra ; soyez sûre qu'il viendra. S'il eût su être attendu avec autant d'impatience, il se serait bien gardé de s'absenter ainsi. Il recherche trop les momens qu'il peut passer auprès de vous, pour que...

CLÉMENCE, avec vivacité.

Dites-moi, Dominique ; avez-vous fait ma commission auprès de Marianne ?

DOMINIQUE.

Je ne me pardonnerais pas de l'avoir oubliée.

CLÉMENCE.

Elle a sans doute accepté ?

DOMINIQUE.

J'entre ; elle était à son rouet. « Bonjour, bonne mère. — » Votre servante, monsieur Dominique. Comment se porte » ma belle et bonne ?... » Car c'est toujours ainsi qu'elle vous appelle. « Fort bien, Marianne ; et vous ? — Oh ! moi ! ca- » hin, caha ; mon rhumatisme me tourmente toujours ; et » pourtant il faut agir pour gagner cette pauvre vie. —Te- » nez, lui dis-je, voilà de quoi vous y aider. — Comment ! » un double louis ! — C'est de la part de mademoiselle. —Je » la reconnais bien là, s'écria-t-elle, » et aussitôt de baiser la pièce d'or à plusieurs reprises; de prier le ciel pour votre bonheur, votre conservation... Oh! je crois bien que la journée ne se passera pas, sans qu'elle vienne ici vous témoigner sa reconnaissance.

CLÉMENCE.

Cette bonne Marianne!... qu'il m'est doux de pouvoir lui offrir quelques secours! Je n'oublierai jamais les soins qu'elle m'a prodigués pendant ma maladie... Si elle venait, Dominique, vous auriez le soin de ne la faire parler qu'à moi seule; entendez-vous?

DOMINIQUE.

Soyez tranquille. La pauvre chère femme! quelle différence lorsqu'elle avait son mari portier de l'hôtel d'Harancour! Rien ne leur manquait alors; mais monsieur Darlemont les a chassés sans pitié, ainsi que tous ceux qui avaient servi feu monsieur le président son beau-frère. Le malheureux portier en est mort de chagrin; et je connais plusieurs de ses anciens camarades qui, sans les secours de monsieur St.-Alme...

CLÉMENCE.

Il est certain que ce jeune homme semble s'être imposé le devoir de réparer tous les torts de son père.

DOMINIQUE.

Autant l'un est dur, altier et taciturne, autant l'autre est franc, simple et généreux... Oh! il sera bon maître celui-là... excellent chef de famille... (*fixant Clémence en souriant*) et surtout bon mari.... (*CLÉMENCE baisse les yeux et pousse un soupir.*) Ne pensez-vous pas comme moi, mademoiselle?

CLÉMENCE, avec trouble et embarras.

Oui.... je crois que celle... qui pourra fixer le choix de ce jeune homme...

DOMINIQUE, avec mystère et gaîté.

C'est déjà fait.

CLÉMENCE.

Tout de bon?

DOMINIQUE.

J'en suis sûr.

CLÉMENCE.

Effectivement; j'ai entendu dire qu'il devait épouser la fille du premier président.

DOMINIQUE.

Je l'ai entendu dire aussi... mais ce mariage-là ne se fera pas.

CLÉMENCE.

Vous croyez?

DOMINIQUE.

Nous aimons ailleurs.

CLÉMENCE.

Ah, ah!

DOMINIQUE.

Oui; nous préférons le bonheur à la richesse : chacun a son goût... Et pour cela nous avons choisi en secret une personne charmante....

CLÉMENCE, vivement.

Avez-vous préparé la chambre que l'on destine aux deux étrangers?

DOMINIQUE.

Non, pas encore.

CLÉMENCE.

Mais allez donc, Dominique ; ils vont arriver dans l'instant.

DOMINIQUE.

Eh bien! j'y vais, j'y vais. (*A part, en s'en allant,*) Je ne pourrai jamais la faire convenir qu'elle aime... non, je ne pourrai jamais l'en faire convenir.

(Il sort en ricanant.)

SCÈNE II.

CLÉMENCE, seule.

Ce vieux domestique prend un plaisir à me tourmenter!... Je me sentais rougir à chaque mot, et commençais à éprouver un trouble qu'il m'eût été impossible de cacher plus long-temps.... Mais ne songeons qu'à la découverte importante de ce respectable De l'Épée, et livrons-nous à tout l'espoir qu'elle me donne. Si monsieur Darlemont restituait les biens qu'il possède, il n'existerait plus de distance entre son fils et moi ; et l'amour que n'enchaînerait plus l'orgueil ambitieux, l'amour alors reprendrait son empire... Mais puis-je espérer que ma mère offensée.... La voici qui s'avance.

SCÈNE III.

FRANVAL, en habit noir et en cheveux longs,
Mme. FRANVAL, CLÉMENCE.

Mme. FRANVAL.

Pourquoi donc hésitez-vous de livrer cet usurpateur à la
vengeance des lois? Ménager le crime, mon fils, c'est s'en
rendre complice.

FRANVAL.

Puis-je oublier que Darlemont est le père de mon ami! (*A
Clémence.*) Dominique a-t-il été avertir St.-Alme de se
rendre ici?

CLÉMENCE.

Oui, mon frère; mais votre ami n'était pas encore de retour.

Mme. FRANVAL. (*Elle s'assied.*)

Je ne puis vous le cacher, mon fils; d'après la lettre de
tantôt, il me répugne tout-à-fait de recevoir ici ce jeune
homme.

FRANVAL.

Devons-nous le rendre responsable des fautes de son père?

CLÉMENCE.

Loin de les partager, ma mère, il ne s'occupe, je vous
assure, qu'à les adoucir, à les faire oublier.

Mme. FRANVAL, avec véhémence.

Pour moi, je n'oublierai jamais la lettre qu'il a eu l'audace
de m'écrire.

FRANVAL.

S'il ne s'agissait que du coupable Darlemont, je déchire-
rais sans ménagement le voile imposteur dont il se couvre :
mais tel est l'abus des préjugés qui nous asservissent, que je
ne puis démasquer ce faussaire, sans faire rejaillir le déshon-
neur qu'il mérite, sur son fils innocent.

CLÉMENCE, avec une chaleur graduée.

Oh! oui, bien innocent! Combien de fois, en notre présence, a-t-il gémi sur la perte de son cousin! Que de larmes...
vraiment touchantes, n'a-t-il pas données devant nous au souvenir du compagnon de son enfance! On ne peut réunir plus
de franchise et de délicatesse; on ne porte pas un cœur plus
généreux et plus sensible.... (*Un regard sévère de madame
Franval*

Franval l'arrête, et lui fait changer de ton.) N'est-il pas vrai, mon frère ?

FRANVAL, avec embarras , et fixant sa mère.

Il ne faut que voir un instant St.-Alme... pour remarquer en lui...

SCÈNE IV.

THÉODORE, DE L'ÉPÉE, FRANVAL, Mme. FRANVAL, CLÉMENCE.

FRANVAL.

Mais voici nos deux hôtes.

(Mme. FRANVAL se lève.)

DE L'ÉPÉE, introduisant Théodore.

Voilà mon Théodore, mon enfant adoptif que j'ai l'honneur de vous présenter.

THÉODORE.

(*Il salue tout le monde : après avoir promené ses regards sur Franval et Mme. Franval, il les fixe sur Clémence.*)

CLÉMENCE.

L'intéressante figure !

Mme. FRANVAL , s'approchant, et l'examinant.

C'est le portrait vivant de feu son père.

DE L'ÉPÉE, d'un ton marqué.

Vous trouvez , madame ?

Mme. FRANVAL.

Je crois, en honneur, voir le président d'Harancour.

THÉODORE.

(*Il porte ses regards sur Franval qu'il fixe long-temps , et qu'il paraît étudier.*)

FRANVAL.

On lit sur son front l'empreinte du sentiment, et je ne sais quoi d'imposant qui annonce les heureux effets du génie de son maître.

THÉODORE.

(*Après avoir fixé Franval, il fait plusieurs signes à De l'Épée.*) (*a*)

(*a*) Porter la main droite au front, l'y fixer un moment avec l'expression du génie : lancer ensuite le bras droit en avant avec force et dignité.

L'abbé De l'Épée.   5

FRANVAL.

Que veut-il exprimer par ces signes?

DE L'ÉPÉE.

Il me dit, monsieur, qu'il lit sur votre figure la certitude de triompher dans sa cause, et de confondre son oppresseur.

FRANVAL, avec élan.

Oui, je lui en fais la promesse... et je la remplirai.

(Il l'embrasse.)

THÉODORE.

(*Après avoir porté avec douleur la main à sa bouche et à ses deux oreilles, il prend une des mains de Franval, la pose d'une main sur son cœur, et de l'autre frappe vivement, et à plusieurs reprises, sur celle de Franval.*)

FRANVAL.

Que vous dit-il encore?

DE L'ÉPÉE, expliquant chaque signe de Théodore.

« Qu'il ne peut vous exprimer sa reconnaissance.... mais
» que vous devez sentir au battement de son cœur.... que
» déjà votre nom s'y grave pour jamais.... » Ce sont ses propres expressions.

FRANVAL, avec surprise et sensibilité.

Ses propres expressions!... Eh quoi! vous vous entendez donc au point de comprendre tout ce qu'il veut exprimer?

DE L'ÉPÉE.

Absolument tout.

Mme. FRANVAL.

Et il vous comprend de même?

THÉODORE.

(*Il arrête de nouveau ses regards sur Clémence.*)

DE L'ÉPÉE.

Sans doute : c'est par ce moyen que je suis parvenu à orner son esprit et à former son cœur.

CLÉMENCE.

C'est singulier comme ses regards s'attachent sur moi.

DE L'ÉPÉE.

N'en soyez pas surprise, mademoiselle; tout ce qui lui présente l'image du vrai beau, le frappe, et fixe ses idées. La nature, pour dédommager ces infortunés des torts qu'elle eut envers eux, leur a donné une délicatesse d'instinct, une rapidité dans l'imagination... Aussi, leur intelligence, une fois développée, va bien plus loin que la nôtre. Je compte parmi mes élèves des mathématiciens profonds, des historiens, des littérateurs distingués. Celui que vous voyez ici, remporta, l'hiver dernier, un prix de poésie, et fut couronné dans un lycée fameux, au grand étonnement de tous ses concurrens.

FRANVAL.

Je me rappelle, en effet, que les papiers publics annoncèrent ce phénomène, et consignèrent votre nom à l'immortalité.

CLÉMENCE.

Comment ! il se peut que cet intéressant jeune homme, quoique privé de la parole et de l'ouïe, entende tout, exprime tout ?

DE L'ÉPÉE.

Et réponde à l'instant même aux questions que vous voudrez lui faire. Je vais vous en donner l'expérience.

(Il fait plusieurs signes à Théodore.) (a.)

THÉODORE.

(*Après avoir fait sentir qu'il comprend les signes de De l'Épée, il va s'asseoir devant le bureau de Franval, prend une plume, et se dispose à écrire.*)

DE L'ÉPÉE, à Clémence.

Faites-lui telle demande qu'il vous plaira ; il va l'écrire à la vue de mes signes ; et aussitôt y ajoutera sa réponse. Il vous attend.

CLÉMENCE, avec timidité.

Je ne sais quelle question....

DE L'ÉPÉE.

La première chose qui vous viendra dans l'idée...

CLÉMENCE.

Quel est, selon vous, en France, le plus grand homme vivant ?

DE L'ÉPÉE, après avoir rêvé un instant.

La question est délicate... Veuillez la recommencer, et prononcer lentement, comme si vous lui dictiez vous-même.

(a) Frapper d'abord sur l'épaule de Théodore pour commander son attention : porter les doigts allongés de la main droite au front, les y laisser un instant : désigner ensuite Clémence avec l'index, et feindre d'écrire plusieurs lignes sur la main gauche.

THÉODORE.

(Il exprime par son jeu, qu'il comprend les signes que lui fait De l'Épée, et écrit à chaque fois qu'il les émet.)

CLÉMENCE.

Quel est... *(Premiers signes de De l'Épée à Théodore.) (a)* selon vous, en France.... *(Seconds signes)* (b) le plus grand homme vivant? *(Troisièmes signes.) (c)*

DE L'ÉPÉE, prenant le papier sur lequel Théodore a écrit, et le présentant à Franval.

Vous voyez d'abord qu'il a écrit la question avec fidélité.

FRANVAL, examinant le papier.

Et surtout avec une correction!...

(DE L'ÉPÉE remet le papier devant Théodore qui est immobile et rêveur.)

CLÉMENCE.

Il a l'air embarrassé.

DE L'ÉPÉE.

On le serait à moins, mademoiselle. Le choix que vous lui prescrivez est difficile à faire.

THÉODORE.

(Il sort de sa rêverie, s'anime par degrés, et écrit.)

FRANVAL, suivant tous les mouvemens de Théodore.

Quel feu brille dans ses regards ! Quelle vivacité dans tous ses mouvemens! Il paraît à la fois ému et satisfait. Je serais bien trompé, si sa réponse ne portait pas l'empreinte d'une âme sensible et d'un esprit éclairé.

THÉODORE.

(Il se lève, et vient remettre le papier à Clémence, en lui faisant signe de le lire. Franval et sa mère s'approchent avec avidité. Théodore se tient auprès de De l'Épée qu'il fixe avec curiosité.)

(a) Jeter les deux mains en avant, les doigts tendus, les ongles vers la terre : décrire ensuite, avec l'index de la main droite, un demi-cercle du flanc droit au flanc gauche.

(b) Porter les doigts de la main droite au front, les y fixer un instant : désigner Théodore de l'index de la main droite; élever ensuite les deux mains au-dessus de la tête, et désigner tout ce qui environne.

(c) Élever la main droite à trois reprises, puis les deux mains le plus haut possible; les descendre ensuite sur chaque épaule et les faire passer sur les deux seins, jusqu'à la ceinture; exprimer la vie, en respirant une seule fois avec force, et en serrant tour à tour chaque poignet à l'endroit où bat l'artère.

Nota. *Il faut que ces signes soient très-distincts, mais prompts et de manière à ne point retarder la marche de la scène.*

CLÉMENCE, lisant.

Demande.

« Quel est, selon vous en France, le plus grand homme
» vivant? »

Réponse.

« La nature nomme *Buffon*; la science indique *Dalem-*
» *bert*; le sentiment et la vérité réclament *Jean-Jacques*
» *Rousseau*; l'esprit et le goût désignent *Voltaire*; mais le
» génie et l'humanité proclament *De l'Épée* : je le préfère
» à tous les autres. »

THÉODORE.

*(Après avoir fait plusieurs signes (a), se jette dans le sein
de De l'Épée qui le presse dans ses bras.)*

DE L'ÉPÉE, avec une émotion qu'il s'efforce de réprimer.

Il faut lui pardonner cette erreur... c'est l'enthousiasme de
la reconnaissance.

(Il embrasse de nouveau Théodore.)

FRANVAL, prenant des mains de Clémence le papier qu'il examine encore.

Je ne puis revenir de mon étonnement.

Mᵐᵉ. FRANVAL.

Il faut être témoin d'un pareil miracle, pour y ajouter foi.

CLÉMENCE.

On ne peut se défendre d'une émotion qui va jusques aux
larmes.

FRANVAL.

Cette réponse prouve une pureté de goût, annonce une
étendue de connaissances!... *(A De l'Épée.)* Que de recherches, de calculs et de soins il vous a fallu, pour arriver
à ces grands résultats!

DE L'ÉPÉE.

Dire ce qu'il m'en a coûté, est impossible... mais cette
idée de recréer une âme... (*il désigne Théodore*) cette su-
blime idée donne tant de force et de courage!... Si le cul-
tivateur laborieux, en voyant les riches moissons qui couvrent les champs qu'il a défrichés, éprouve une jouissance
proportionnée à sa peine, jugez de ce que je dois ressentir,
lorsqu'au milieu de mes élèves, je vois ces infortunés per-

____

(a) Exprimer une balance en levant et baissant tour à tour chaque main;
élever ensuite la main droite le plus haut possible, et désigner De l'Épée
avec l'index de cette même main.

cer peu à peu l'ombre qui les environne ; s'animer aux premier rayons de l'intelligence suprême ; arriver par degrés au bonheur inexprimable de se communiquer leurs idées, et former autour de moi une famille intéressante, dont je suis l'heureux père... Il est des plaisirs plus brillans ; il en est de plus faciles ; mais je doute que dans la nature entière il en soit de plus vrais.

FRANVAL.

Croyez aussi que de tous les grands hommes que vient de classer avec tant de justesse votre intéressant Théodore, il n'en est aucun dont le souvenir vive dans la postérité plus long-temps que le vôtre. Si la France éleva des statues aux héros qui par leurs exploits contribuèrent à sa gloire, pourra-t-elle en refuser une à celui qui, par son génie créateur, par des travaux sans relâche, par une patience incalculable, est devenu le réparateur d'un oubli de la nature ?

SCÈNE V.

THÉODORE, DE L'ÉPÉE, FRANVAL, Mme. FRANVAL, CLÉMENCE, *DOMINIQUE*, *MARIANNE*.

DOMINIQUE, à Marianne encore dans la coulisse.

Mais quand je vous dis, bonne Marianne, que vous ne pouvez lui parler.

MARIANNE, entrant sur la scène et restant à moitié du théâtre (1).

M'empêcher de la voir, de la presser contre mon cœur !... vous n'y parviendrez pas, monsieur Dominique.

DOMINIQUE, bas à Clémence.

Il m'a été impossible de l'empêcher d'entrer.

THÉODORE.

(*Il jette un regard sur Marianne, et paraît frappé de souvenir.*)

MARIANNE, avec bavardage et sensibilité.

(A Mme. Franval.)

Excusez madame, si je prends la liberté... (*A Franval.*) Monsieur, je suis fâchée de vous interrompre ; mais quand le cœur est plein, il faut absolument... Cette bonne et belle

(1) Théodore, De l'Épée, Franval, Marianne, Mme. Franval, Clémence, Dominique.

mademoiselle Clémence!... daigner sans cesse s'occuper de moi, prévenir mes besoins, et m'envoyer...

CLÉMENCE, l'interrompant.

Ce n'est rien, ma chère Marianne; cela ne mérite pas...

MARIANNE.

Comment, ce n'est rien!...

Mme. FRANVAL.

Expliquez-moi donc, ma fille, ce que tout cela signifie?

THÉODORE.

(*Il suit tout les mouvemens de Marianne, dans la plus vive agitation, et fait des signes (a) à De l'Épée qui les suit avec la démonstration de l'étonnement et de la joie.*)

MARIANNE.

Sa modestie l'empêche de répondre; mais je vais parler, moi. Vous saurez donc, madame, que depuis la maladie de cette chère et belle enfant, elle n'a pas cessé de m'envoyer des vêtemens, des provisions; enfin, ce matin encore, par monsieur Dominique, un double louis.... il m'a mis à même de soulager à mon tour une pauvre voisine... (*Saisissant une main de Clémence et la baisant.*) Qu'il est doux pour Marianne de vous devoir tout cela!

DE L'ÉPÉE, courant à Marianne (1).

Bonne femme? bonne femme?

MARIANNE, avec respect et étonnement.

Monsieur....

DE L'ÉPÉE.

N'avez-vous pas demeuré long-temps à l'hôtel d'Harancour?

MARIANNE.

Feu mon mari y fut portier trente-cinq ans.

DE L'ÉPÉE.

Vous rappelez-vous d'y avoir vu le petit Jules, sourd et muet de naissance?

MARIANNE.

Si je me le rappelle!... sa mort nous a coûté trop cher, pour que jamais je l'oublie.

(*a*) Exprimer quelqu'un qui sonne à une porte, une portière qui ouvre, et désigner Marianne.

(1) Théodore, Franval, De l'Épée, Marianne, Mme. Franval, Clémence, Dominique.

DE L'ÉPÉE.

(Conduisant Marianne en face de Théodore, qui la fixe avec la plus grande altération.) (1)

Eh bien ! regardez.... regardez ce jeune homme.

MARIANNE, fixant Théodore de très-près.

Que vois-je ! Eh mais!...

THÉODORE.

(Après avoir écarté les cheveux qui couvrent sa figure qu'il présente à Marianne, il lui fait signe qu'elle l'a porté tout petit sur ses bras.)

MARIANNE.

C'est lui !... lui que nous aimions tant! que nous avons tant pleuré !... oui, oh! oui, je le reconnais.

(Elle tombe aux pieds de Théodore qui la relève aussitôt et la presse dans ses bras.)

DOMINIQUE.

Et moi qui m'obstinais à l'empêcher d'entrer.

DE L'ÉPÉE.

Précieuse et singulière découverte !

FRANVAL.

Qui nous conduira, l'on n'en peut douter, à des preuves importantes.

Mme. FRANVAL.

Et confondra l'insolent Darlemont... Je suis dans une joie !..

CLÉMENCE, avec ivresse.

Celle que j'éprouve est encore au-dessus ! J'assiste en secret une infortunée, et par-là je procure le premier témoin.... O céleste bienfaisance !

MARIANNE.

Ah! si mon pauvre mari vivait encore ! Mais comment se peut-il que ce cher enfant, qu'on a dit mort, se retrouve en cette ville ? Par quel coup du ciel, que je ne puis comprendre ?...

DE L'ÉPÉE.

Vous saurez tout, bonne mère. Mais, dites-moi, êtes-vous assez convaincue que ce soit là Jules d'Harancour, pour l'attester en justice ?

MARIANNE.

Je le soutiendrai devant Dieu, et devant les hommes.

(1) Théodore, Marianne, De l'Épée, Franval, Mme. Franval, Clémence, Dominique.

FRANVAL,

FRANVAL,

Ne pourriez-vous pas nous procurer le témoignage de quelques anciens domestiques, qui, comme vous, auraient connu le jeune comte dans son enfance?

MARIANNE.

Sans doute; la veuve du cocher existe encore.

DOMINIQUE.

Pierre, l'ancien palfrenier, vint me voir l'autre jour avec sa femme; ils ne demeurent pas loin d'ici.

Mme. FRANVAL, vivement.

Il faut les aller chercher tous; et à l'instant.

DOMINIQUE.

J'y cours.

FRANVAL, arrêtant Dominique.

Un moment! (*A De l'Épée.*) Je vous ai déjà dit que l'amitié qui m'unit à St.-Alme m'imposait le devoir d'agir avec ménagement; je vous propose donc de nous présenter d'abord à l'hôtel d'Harancour. Là, nous attaquerons Darlemont; vous, avec l'arme irrésistible d'un interprète de la nature; moi, avec le langage des lois, avec toute la force qu'inspire une cause aussi belle; et cet homme, quelqu'audacieux qu'il soit, sera bien habile, s'il résiste à nos efforts.

DE L'ÉPÉE.

J'adopte votre plan, et j'imagine un moyen qui pourra nous en assurer le succès.

(Il s'éloigne avec Théodore, à qui il explique par signes le parti qu'on vient de prendre.)

FRANVAL, aux autres.

Je vous recommande à tous de garder le plus profond silence sur ce qui vient de se passer.

MARIANNE.

Je vous le promets.

DOMINIQUE.

Soyez tranquille.

(Ils regagnent tous les trois De l'Épée et Théodore.)

Mme. FRANVAL.

Pour moi, je ne m'engage à rien.

CLÉMENCE, lui donnant le bras.

Mais ma mère...

L'abbé De l'Épée.   6

Mme. FRANVAL, avec aigreur, et s'en allant.

Mais, ma fille, vous direz tout ce qui vous plaira; je ne saurais m'empêcher de crier tout haut contre ce Darlemont. C'est un ambitieux qu'il faut punir, c'est un insolent qu'il faut humilier....

(Elle rejoint les autres personnages au fond du théâtre, et la toile tombe.)

FIN DU TROISIÈME ACTE.

ACTE QUATRIÈME.

Le théâtre représente l'intérieur d'un salon de l'hôtel d'Harancour ; ameublement riche et somptueux ; du côté gauche, est une porte qui conduit dans le cabinet de Darlemont.

SCÈNE I.

DUBOIS, DARLEMONT, DUPRÉ.

(Ils entrent par la porte latérale, Dupré paraît le dernier, il a l'air sombre et préoccupé.)

DARLEMONT,

Vous dites que mon fils n'est pas encore rentré ?

DUBOIS.

Non, monsieur.

DARLEMONT.

Et qu'il vous a défendu de le suivre ?

DUBOIS.

Oui, monsieur.

DARLEMONT.

Serait-il retourné dans la maison Franval ?

DUBOIS.

Il n'y a pas d'apparence : monsieur l'avocat vient tout à l'heure encore de l'envoyer demander.

DARLEMONT, à Dubois,

Allez attendre St.-Alme chez le portier ; dès qu'il entrera, vous lui direz de se rendre auprès de moi sur-le-champ. Entendez-vous ? sur-le-champ.

(DUBOIS sort par le fond du théâtre.)

SCÈNE II.

DARLEMONT, DUPRÉ.

DARLEMONT.

Eh bien! Dupré, que me veux-tu?

DUPRÉ, tirant une bourse de sa poche, et la déposant sur une table.

Je viens, monsieur, vous rendre ces vingt-cinq louis que vous m'avez fait remettre ce matin.

DARLEMONT.

Me les rendre! Et pourquoi? C'est le montant des six premiers mois de la rente viagère que je t'assurai l'autre jour, en récompense de tes services; je veux que chaque terme t'en soit exactement payé d'avance.

DUPRÉ.

Reprenez cet or, vous dis-je... Il m'est impossible de recevoir le prix d'une action dont le souvenir pèsera toujours sur mon cœur.

DARLEMONT, avec humeur.

Tu n'oublieras donc jamais ce rejeton des d'Harancour?

DUPRÉ.

Il est sans cesse présent à ma pensée... Je vois encore les derniers regards qu'il jeta sur moi, quand vous m'en séparâtes.

DARLEMONT, brusquement.

Je ne pouvais supporter la vue de ce sourd et muet, de ce fatigant automate.

DUPRÉ.

Cependant vous avouerez avec moi que tout annonçait en lui d'heureuses dispositions et surtout un bon cœur. Tout petit, quand il venait avec moi à la promenade, il ne rencontrait jamais un pauvre, sans me faire signe de l'assister; il n'avait pas de plus grand plaisir, que de partager avec les autres tout ce qu'il possédait... Et ce jour où il sauva la vie de monsieur votre fils dont l'étourderie et la vivacité... Monsieur St.-Alme excite à coups de pierres un gros chien de ferme qui fond sur lui et le terrasse; Jules, effrayé du danger qui menace son cousin, s'élance, plus prompt que l'éclair, sur l'animal furieux, et reçoit au bras droit une large blessure dont la cicatrice lui restera toute la vie.

DARLEMONT.

Tu ne cesses de me rappeler cette aventure.

DUPRÉ.

C'est qu'elle prouve que le jeune comte avait autant de courage que de bonté. Eh ! qui la connut mieux que moi, cette bonté touchante ? moi, l'ancien valet de chambre de son père ; moi, à qui l'on avait confié son enfance ? Et j'ai pu l'abandonner ! j'ai pu céder à vos sollicitations et devenir votre complice !

DARLEMONT, avec emportement.

Dupré !...

DUPRÉ, avec chaleur.

Oui, monsieur, votre complice. Quand on a ravi le repos de l'âme à un vieux serviteur, qui vécut cinquante ans sans reproche, on doit écouter ses plaintes, et respecter sa douleur.

DARLEMONT, retenant un grand mouvement de colère.

Mon cher Dupré, l'excès de ta sensibilité t'égare tout-à-fait ; voudrais-tu donc, après huit années entières, révéler le mystère important que j'ai confié à ta discrétion ?

DUPRÉ.

A quoi cela me servirait-il ? Où trouver maintenant l'infortuné ?... Je vous ai promis le secret sur tout ce qui s'est passé entre nous, et je vous tiendrai parole ; mais c'est à condition, monsieur, que vous ne me parlerez jamais de cette pension funeste avec laquelle vous avez cru me séduire. J'ai bien assez de mes remords, sans les aggraver encore par un salaire déshonorant. (*Mouvement de Darlemont.*) Oui monsieur, déshonorant.

(Il sort par la porte latérale.)

SCÈNE III.

DARLEMONT , seul.

La douleur de ce vieillard m'inquiète et me tourmente... Qu'elle est cruelle cette nécessité de dépendre d'un témoin de nos actions secrètes !... Mais qu'ai-je à craindre ? Transporté tout-à-coup à cent soixante lieues de ses foyers, perdu avec adresse au milieu de Paris, Jules sans doute aura été conduit dans quelque maison de piété publique ; peut-être même n'existe-t-il déjà plus..... En tous cas, quels indices pourrait donner un sourd et muet de naissance, orphelin, et que personne ne réclame ?... Cependant, si Dupré venait à divulguer.... Je ne saurais trop ménager ce vieillard ; il faut absolument me raprocher de lui, dompter ma fierté, mon caractère, et surtout ne pas le perdre de vue un seul instant. O fortune! fortune! que tu me fais supporter d'humiliations, et qu'il m'en coûte cher pour m'assurer ta jouissance!

SCÈNE IV.

DARLEMONT, St.-ALME. Il entre par la porte latérale.

St.-ALME.

On m'a dit que vous me demandiez, mon père.

DARLEMONT.

Oui ; je veux avoir encore avec vous un entretien ; ce sera le dernier, je vous en avertis, si vous ne vous rendez sans retour aux volontés d'un père. Mais, dites-moi, St.-Alme, qu'êtes-vous devenu toute la matinée ?

St.-ALME, avec épanchement.

Mon père... comme je méconnais l'art de feindre.... je vous avoucrai franchement que j'arrive de chez le président d'Argental.

DARLEMONT, avec trouble.

Et qu'alliez-vous y faire sans moi ?

St.-ALME.

Lui ouvrir mon âme toute entière... l'instruire moi-même de mon amour pour mademoiselle Franval.

DARLEMONT, avec véhémence.

Vous avez eu la témérité... (*Avec une rage concentrée.*) Et que vous a répondu... le premier président ?

St.-ALME, avec confiance et abandon.

O mon père! quelle âme grande et généreuse!... Ah! je l'avais bien jugée.

DARLEMONT, retenant toujours sa colère avec effort.

Que vous a-t-il dit ? Répondez.

St.-ALME.

Voici ses propres mots : — « Il eût été doux pour mon » cœur... consolant pour ma vieillesse de vous unir à ma » fille ; mais le choix que vous avez fait de mademoiselle » Franval, m'interdit tout reproche....

DARLEMONT, donnant peu à peu l'essor à sa colère.

Comment?...

St.-ALME, continuant.

» Les liens qui attachent à un être aussi parfait, doivent
» être indissolubles. »

DARLEMONT, avec explosion.

Indissolubles !

St.-ALME.

Ce récit, je le vois, allume votre colère.

DARLEMONT.

Achevez.... achevez.

St.-ALME, hésitant, et dans le plus grand trouble.

Enfin, il m'a assuré que, loin d'être blessé de ma démarche, il en approuvait les motifs, en appréciait la franchise... (*Mouvement convulsif de Darlemont.*) Il m'a promis d'employer tout son crédit auprès de vous, pour vous
faire consentir.... (*Autre mouvement de Darlemont.*) Et
je ne doute pas que bientôt il ne vienne ici lui-même vous
implorer pour moi.

DARLEMONT.

Et tu as pu croire que je céderais à ses sollicitations, que
je serais le jouet de ton audace ?

St.-ALME.

Mon père !....

DARLEMONT.

Jamais mortel fut-il plus malheureux que moi ! Je de-
viens possesseur... (*hésitant*) d'un héritage considérable ; je
veux l'employer à donner à mon fils unique une alliance en-
viée par les premières familles de la province ; et quand je
suis parvenu à lever tous les obstacles, à vaincre, à force
d'or, les préjugés et les distances, je ne trouve plus qu'un
ingrat qui se joue de mes bontés, qui dédaigne à la fois
une fortune incalculable et le premier rang dans la ma-
gistrature. Insensé, qui rejettes ainsi l'opulence, tu ne sais
pas ce qu'il en coûte pour se la procurer... (*Le saisissant
par le bras, et l'amenant sur le devant du théâtre.*) non,
non, tu ne sais pas ce qu'il en coûte.

St.-ALME.

Mon père, quels que soient les sacrifices que vous ait coû-
tés votre fortune, ils ne peuvent se comparer à ceux que
vous exigez de moi... non-seulement j'aime... j'adore... mais,
je puis maintenant vous le confier... je suis aimé.

DARLEMONT.

Qui vous en a donné l'assurance ?

St.-ALME.

Clémence elle-même....

DARLEMONT.

Pouvez-vous préférer aux avantages que je vous propose , les aveux intéressés d'une fille sans fortune... des séductions tramées avec adresse ?

St.-ALME.

Mon père !... vous pouvez déchirer ce cœur trop confiant et trop sensible , vous pouvez tout tenter pour m'arracher mon amour ; mais épargnez-moi la douleur d'entendre outrager ce que j'aime... Un pareil effort est au-dessus de ma raison... Oui , Clémence m'a fixé pour toujours ; mais ce fut sans artifice ainsi que sans dessein ; ses attraits, ses vertus , le sang respectable dont elle est sortie... voilà toutes les trames, toute l'adresse de cette fille adorable ; voilà toutes les séductions qu'elle exerça sur votre fils.

DARLEMONT, avec un mouvement d'embarras et de confusion.

Pour la dernière fois , écoutez les ordres d'un père. Il faut renoncer à mademoiselle Franval.

St.-ALME.

Plutôt cent fois la mort !

DARLEMONT, avec douceur.

Il y va de mon repos.

St.-ALME.

Il y va de ma vie.

DARLEMONT, avec plus de douceur encore.

Cède à mes vœux.

St.-ALME.

Je suis aimé !

DARLEMONT, le serrant dans ses bras.

St.-Alme, je t'en conjure.

St.-ALME, du ton le plus tendre, et baisant les mains de Darlemont.

Je suis aimé ! mon père... je suis aimé !

DARLEMONT, le repoussant avec fureur.

C'en est assez... sortez.... (*St.-Alme lui baise encore les mains.*) sortez.

(St.-ALME, après un jeu pantomime entre lui et Darlemont, sort par la porte latérale.)

SCÈNE V.

SCÈNE V.

DARLEMONT, seul, après un moment de silence et de
stupeur.

Je ne pourrai jamais dompter cet amour violent, cette
sensibilité dévorante... Son alliance avec la fille unique du
président d'Argental eût égalé mon crédit à ma richesse,
et m'eût mis pour jamais à l'abri de toute inquiétude....
mon attente la plus chère, mon unique ambition, tout est
évanoui !

SCÈNE VI.

DARLEMONT, DUBOIS.

DUBOIS, entrant par la porte du fond.

Monsieur l'avocat Franval fait demander à monsieur un
entretien particulier.

DARLEMONT, brusquement.

L'avocat Franval !

DUBOIS.

Oui, monsieur.

DARLEMONT, après un instant de réflexion.

Dites que je ne suis pas visible.

(DUBOIS sort.)

SCÈNE VII.

DARLEMONT, seul.

Il venait me presser de son côté, m'entretenir de sa sœur
et du mariage qu'il projette avec mon fils ; c'est entre eux
tous un plan concerté, que je saurai renverser sans retour.
Ces légistes à grande réputation, s'imaginent rivaliser tous
les rangs, toutes les fortunes. Je suis bien aise de rabattre
l'orgueil de celui-ci, et de lui faire connaître...

SCÈNE VIII.

DARLEMONT, DUBOIS.

DUBOIS, rentrant.

Monsieur l'avocat Franval me renvoie annoncer à monsieur qu'il est accompagné de monsieur... l'abbé De l'Épée...

DARLEMONT.

L'abbé De l'Épée !

DUBOIS.

Instituteur des sourds et muets à Paris....

DARLEMONT, frappé.

L'abbé De l'Épée !

DUBOIS.

Et qu'ils ont à communiquer à monsieur des choses de la
plus grande importance.

DARLEMONT, à part, avec le plus grand trouble.

Quel pressentimens !... Il semble que tout se réunisse...
on dirait que le destin prend plaisir à me tourmenter.

DUBOIS.

Quels sont les ordres de monsieur ?

DARLEMONT, paraissant s'armer de résolution.

Eh bien ! faites entrer.

(DUBOIS sort.)

SCÈNE IX.

DARLEMONT, seul, parcourant le théâtre dans la plus
grande agitation.

Mes doutes sont trop cruels ; il faut les éclaircir. Qui
peut attirer ici cet homme célèbre ? pourquoi s'adresse-t-il
à moi, et veut-il m'entretenir ?... Je ne pourrai donc jamais
trouver un instant de repos !... On vient ; remettons-nous,
et tâchons, par une attitude ferme et imposante, de dissi-
per jusqu'au moindre soupçon.

SCÈNE X.

DE L'ÉPÉE, DARLEMONT, FRANVAL, DUBOIS.

(DUBOIS les introduit; et, après avoir avancé des siéges, il sort à un geste que lui fait Darlemont.)

DE L'ÉPÉE, à Darlemont.

Monsieur, je vous salue.

DARLEMONT, après leur avoir rendu à tous les deux leur salut, et les avoir fait asseoir.

Vous désirez, m'a-t-on dit, m'entretenir en particulier.... Puis-je savoir quel motif?....

FRANVAL, avec calme et dignité.

L'intérêt que je dois au père de St.-Alme, l'obligation de remplir un grand acte de justice, voilà ce qui nous conduit ici tous les deux.

DARLEMONT.

Expliquez-vous.

DE L'ÉPÉE, l'étudiant.

Je vais vous causer une grande surprise... Apprenez donc que le hasard... ou plutôt celui qui dirige à son gré les destinées, a remis entre mes mains le comte Jules d'Harancour, votre neveu.

(DARLEMONT fait un mouvement terrible.)

FRANVAL.

Oui, ce jeune sourd et muet dont vous fûtes le tuteur, qui vit encore... et qui réclame, par l'organe de monsieur De l'Épée, sa fortune et son nom.

DARLEMONT, cherchant à cacher son trouble.

Jules, dites-vous... existe encore?...

DE L'ÉPÉE.

Dieu, pour ma récompense, a conservé ses jours.

DARLEMONT.

J'en aurais bien de la joie... mais c'est une fable à laquelle je ne puis ajouter foi... le jeune comte mourut à Paris... il y a près de huit ans.

DE L'ÉPÉE, le fixant.

En êtes-vous bien certain?

FRANVAL.

Vous pourriez avoir été trompé.

DARLEMONT.

J'étais moi-même auprès de lui... et...

DE L'ÉPÉE, le fixant toujours et le serrant de près.

Vous avez assisté à ses derniers momens ? Vous avez vu....
ce qui s'appelle vu.... les restes de cet infortuné ?

DARLEMONT, embarrassé.

Sans entrer dans toutes ces questions.... il me suffira de
vous dire que la mort de Jules d'Harancour fut, dans le
temps, prouvée en justice par un acte légal et authen-
tique....

DE L'ÉPÉE, toujours les yeux sur Darlemont.

Dont la fausseté m'est démontrée... et, dans ce moment,
plus que jamais.

DARLEMONT, avec plus d'embarras encore.

Et sur quoi pourriez-vous fonder une pareille conviction ?

DE L'ÉPÉE.

Excusez ma franchise... mais ce trouble, cet embarras...
tout vous décèle malgré vous.

DARLEMONT, se levant.

Oserait-on me soupçonner ?...

DE L'ÉPÉE, se levant ainsi que Franval.

Celui qui pendant soixante ans étudia la nature, en calcula
tous les mouvemens, toutes les nuances, lit facilement dans
le cœur des hommes. Il ne m'a fallu qu'un seul coup d'œil,
pour démêler ce qui se passe dans le vôtre.

DARLEMONT.

Mon cœur ne se reproche rien... il ne vous doit aucun
compte... De quel droit, en effet, et à quels titres venez-
vous ici tous les deux ?...

DE L'ÉPÉE.

Mes droits ! Ceux que donnent huit années de travaux,
de soins, de patience; et celui qu'a tout homme sensible,
de secourir son semblable. Mes titres ! Ils se réduisent à
un seul. Dieu m'a fait dépositaire de Jules d'Harancour,
pour le chérir, l'instruire, et le venger. J'obéis à ses décrets
éternels.

DARLEMONT.

Venger Jules d'Harancour ?

FRANVAL.

Mes droits ne sont pas moins sacrés. Le premier est la

confiance de cet homme célèbre qui m'a choisi pour achever son ouvrage, le plus beau qui jamais honora l'humanité. Le second est le devoir que m'impose ma profession, de défendre le faible contre le puissant, de tendre les bras à tous les opprimés.

DARLEMONT.

De quelle oppression me parlez-vous?

FRANVAL.

Pour mes titres, je n'en ai de même, je n'en désire qu'un seul : c'est celui de conciliateur entre vous et le jeune comte.

DARLEMONT.

Je ne vous comprends pas.

FRANVAL.

Rien ne peut vous soustraire à ses réclamations : coupable ou non, vous pouvez encore tout réparer; confiez-vous à mon zèle, et croyez qu'après les intérêts de l'orphelin respectable, dont je suis le défenseur, rien.... non rien ne m'est plus cher au monde que l'honneur du père de mon ami.

DARLEMONT.

Mais, encore une fois, sur quelles preuves, d'après quels indices pouvez-vous penser que ce sourd et muet, pour lequel vous vous intéressez si fort, soit le rejeton des comtes d'Harancour?

FRANVAL.

Tout se réunit pour en prouver l'identité.

DE L'ÉPÉE.

Le rapprochement de l'époque à laquelle il me fut présenté, avec celle où vous le conduisîtes à Paris....

FRANVAL.

Avec celle où le bruit de sa mort fut ici répandu... son âge, son infirmité...

DE L'ÉPÉE.

Une ressemblance frappante avec l'auteur de ses jours.

DARLEMONT.

Une ressemblance !

DE L'ÉPÉE.

Sa joie, son émotion en entrant dans cette ville, en apercevant cet hôtel...

FRANVAL.

La découverte qu'il a déjà faite d'un ancien domestique de ses pères...

DE L'ÉPÉE.

Enfin , les aveux de votre pupille lui-même...

DARLEMONT, frappé par chaque détail.

Ses aveux !

FRANVAL.

Les renseignemens qu'il donne avec une assurance, une précision...

DARLEMONT.

Des renseignemens !

DE L'ÉPÉE.

Cela vous étonne ! Vous étiez loin de vous attendre qu'un malheureux sourd et muet...

FRANVAL.

Sachez donc que Jules a trouvé, dans monsieur De l'Épée, un nouveau créateur ; que, guidé par ses leçons, nourri de ses vertus, embrasé de son génie, il offre aujourd'hui le modèle de l'éducation la plus parfaite. Instruit sur le passé, plein d'expérience sur le présent, rien n'échappe à sa pénétration, tout se retrace à son souvenir... Vous-même...

DARLEMONT, vivement, et avec un trouble qui augmente jusqu'à la fin de la scène.

Non, non : jamais je ne reconnaîtrai dans cet inconnu , celui... dont la mort ne fut que trop certaine... et je saurai, devant les tribunaux...

FRANVAL.

Gardez-vous d'y paraître ; songez qu'il est plus d'un ancien juge qui retrouverait, dans cet orphelin , les traits d'un magistrat dont Toulouse honore la mémoire ; songez qu'il n'est pas un seul habitant de cette ville qui ne fût ému à la vue du jeune comte , au récit de ce qu'a fait pour lui cet ami de l'humanité, à l'aspect de cette tête vénérable, dont les cheveux blancs retracent l'image de ses nombreux bienfaits... Gardez-vous des tribunaux, vous dis-je ; vous y seriez confondu , vous y seriez à jamais déshonoré.

DARLEMONT.

Je suis à l'abri de toute crainte... et quand bien même l'acte mortuaire de Jules d'Harancour serait déclaré faux, la loi ne pourrait atteindre que ceux qui l'ont signé.

FRANVAL.

Et si ces témoins vous accusent de les avoir séduits, et vous nomment leur complice... vous ne pourrez échapper à

la vengeance des lois, et vous partagerez avec eux le châti-
ment et l'infamie... Vous frémissez?...

DE L'ÉPÉE.

Votre bouche est prête à révéler le secret de votre cœur ;
ne la contraignez pas.

FRANVAL.

Donnez, donnez l'essor à tous les tourmens qui, depuis
si long-temps, couvent dans votre sein.

DE L'EPÉE.

Vous n'avez pas d'idée comme le poids d'une faute s'allége
par l'aveu qu'on en fait.

FRANVAL, lui prenant une main,

Cédez à nos conseils.

DE L'ÉPÉE, lui prenant l'autre main.

Cédez à nos prières.

DARLEMONT, avec force, et s'arrachant brusquement de leurs mains.

Laissez-moi... laissez-moi...

(Il s'avance sur le devant du théâtre, et reste un instant son visage dans ses mains.)

DE L'ÉPÉE, bas à Franval.

Son âme est égarée ; portons-lui le dernier coup.

(Il court à la porte du fond où il fait un signe; aussitôt THÉODORE paraît conduit par
Marianne qui se tient à l'écart. DE L'ÉPÉE amène précipitamment Théodore auprès
de Darlemont, et le place de manière qu'il soit le premier objet qui frappe la vue de
ce dernier, lorsqu'il détourne la tête. DE L'ÉPÉE et FRANVAL suivent tous ses mouvemens.)

SCÈNE XI.

DARLEMONT, THÉODORE, DE L'ÉPÉE, FRANVAL, MARIANNE.

DARLEMONT, à part, et reprenant ses sens pendant que De l'Épée va chercher
Théodore.

Ces deux hommes ont un ascendant!... une pénétration!...
Sachons leur résister. (*Il reprend une attitude imposante,
détourne la tête et aperçoit Théodore.*) Dieu !

(Il reste immobile et comme frappé de la foudre.)

THÉODORE.

(*Après avoir fixé Darlemont, il jette un cri d'horreur, et
va se réfugier dans le sein de De l'Épée, à qui il fait signe
qu'il reconnaît son tuteur, qu'il désigne du doigt.*)

(Tableau.)

DE L'ÉPÉE.

Eh bien ! doutez-vous maintenant que Jules d'Harancour existe encore ?

DARLEMONT, toujours dans le plus grand trouble.

Lui ! mon neveu !

FRANVAL.

Quoi ! vous pourriez soutenir ?...

DARLEMONT.

Si c'était Jules... me fuirait-il ainsi... ne serait-il pas déjà venu se jeter dans mes bras ?

DE L'ÉPÉE.

Si ce n'était pas Jules, aurait-il en vous voyant témoigné cet effroi que ressent une âme pure au premier aspect de l'artisan de ses malheurs ? Oh ! si j'eusse douté jusqu'à cet instant qu'il fût votre pupille, ce seul indice de la nature suffirait pour m'en convaincre.

DARLEMONT, sans porter ses regards sur Théodore ni sur De l'Épée.

Je le méconnais, vous dis-je, et je le méconnaîtrai toujours jusqu'à ce que, par des preuves juridiques..:

DE L'ÉPÉE, s'approchant de Darlemont.

Vous le méconnaissèz, dites-vous... et d'où vient donc que tout votre corps frisonne ?

DARLEMONT, avec un nouveau trouble.

Qui !... moi !...

DE L'ÉPÉE.

D'où vient ce cri vengeur qui vous est échappé à la vue du jeune comte ?

FRANVAL.

Vos yeux ne peuvent s'arrêter sur cet infortuné.

DE L'ÉPÉE.

Vous voulez en vain lutter contre la nature , elle a prononcé votre arrêt. (*Interprétant des signes (a) que lui fait en ce moment Théodore avec la plus grande vivacité.*) Mon élève lui-même m'assure par ses signes qu'il vous reconnaît ; que c'est vous qui le conduisîtes à Paris ; que c'est vous...

. (*a*) Porter les doigts crochus sur la longueur de chaque manche de l'habit et sur chaque cuisse ; exprimer, en un mot, un enfant qu'on dépouille et qu'on recouvre ensuite de lambeaux.

DARLEMONT

DARLEMONT, l'interrompant brusquement.

Finissons... Je suis las à la fin de tant d'importunités....
Sortez tous de chez moi.

FRANVAL, avec force et dignité.

De chez vous ! Nous sommes chez Jules d'Harancour.

DARLEMONT, avec emportement et une voix très-élevée.

Sortez, vous dis-je... ou craignez les effets de ma colère.

SCÈNE XII.

DARLEMONT, St.-ALME, THÉODORE, DE L'ÉPÉE, FRANVAL, MARIANNE.

St.-ALME.

Quel bruit étrange !.... Oserait-on vous insulter, mon
père?... Que vois-je !... c'est Franval !...

THÉODORE.

(*Il a reconnu St.-Alme, pendant le couplet précédent ;
il s'élance vers lui, en jetant un cri de joie, le serre dans ses
bras, et le couvre de caresses.*)

St.-ALME.

Quel est donc ce jeune homme, dont les caresses....

FRANVAL.

C'est Jules d'Harancour, votre cousin... c'est le pupille de
votre père.

St.-ALME, avec l'ivresse de la joie.

Serait-il vrai ?

DARLEMONT, avec force et vivacité.

On vous trompe, mon fils.

St.-ALME.

Non, non ; quoique ses traits soient changés par le temps,
je sens que mon cœur...

DARLEMONT, à St.-Alme, avec plus de force.

On vous trompe, vous dis-je ; c'est un piége qu'on nous
tend.

St.-ALME.

Un piége ! et pourquoi?...

DARLEMONT.

Oui, mon fils.

L'Abbé De l'Épée.   8

St. ALME.

Il est facile au reste de nous en convaincre. (*Il relève la manche du bras droit de Théodore, et fait voir sa cicatrice.*) C'est lui !

DARLEMONT.

C'est lui !

St.-ALME.

Oui, oui, voilà cette cicatrice à qui je dois la vie ; voilà mon libérateur !

(Ils se pressent plus fortement encore, et se confondent dans les bras l'un de l'autre.)

DARLEMONT.

St.-Alme, retirez-vous.

St.-ALME, tenant toujours Théodore dans ses bras.

Moi ! repousser Jules de mon sein !

DARLEMONT.

Retirez-vous, ou craignez...

St.-ALME.

Dût votre malédiction s'accomplir à l'instant... dût la foudre céleste m'écraser à vos yeux, je ne puis m'empêcher de tressaillir à la vue de mon premier ami, du compagnon de mon enfance... Je ne puis résister au cri de la nature.

(Il serre de nouveau Théodore dans ses bras. Rage et confusion de Darlemont qui va s'asseoir dans un fauteuil, à la gauche du spectateur, et tourne le dos aux personnages qui occupent la scène.)

DE L'ÉPÉE, à Darlemont, après un instant de silence.

Et vous pouvez n'être pas touché de ce spectacle ! vous pouvez être insensible aux larmes que je vois dans tous les yeux !... Ah ! monsieur, que je vous plains !

FRANVAL, aussi à Darlemont.

Il faut enfin que vous cédiez à la force des événemens. Il ne vous est plus possible de résister ; et, lorsque votre fils lui-même.....

St.-ALME.

Mon père, au nom du ciel !...

DARLEMONT, avec véhémence, et se levant.

Taisez-vous... (*A Franval et à De l'Épée.*) Non, non ; je ne reconnais point le comte, dans ce sourd et muet ; et, malgré tout ce que vous pourrez entreprendre, malgré les témoignages que vous pourrez invoquer, je saurai maintenir dans toute sa force l'acte mortuaire de Jules d'Harancour, et conserver tous mes droits. Délivrez-moi donc de votre présence, et sortez tous de mon hôtel.

DE L'ÉPEE, conduisant Théodore au milieu du devant du théâtre.

Viens, malheureux et intéressant orphelin, faible roseau depuis si long-temps battu par la tempête... (1) Va, si les lois ne te vengent pas, si l'imposture et la cupidité te chassent de tes foyers, il te restera toujours le cœur et le toit paisible de ton vieux De l'Épée.

St.-ALME, avec un mouvement de respect et de surprise.

De l'Épée !

(DE L'ÉPÉE, en s'éloignant, jette, ainsi que Théodore, un regard sur Darlemont, toujours immobile et les yeux baissés ; MARIANNE les suit, et forme avec eux un groupe à la porte du fond.) (2).

FRANVAL, à Darlemont.

Si jusqu'ici j'ai employé les égards que je devais au père de St. Alme, (*il serre avec émotion la main de St.-Alme*) comptez que j'userai maintenant de tous les moyens que le devoir m'ordonne, de toute la force que produit l'indignation... (*Après un mouvement que lui fait éprouver un regard de St.-Alme.*) Quelle que soit l'ombre dont vous espériez vous envelopper, quels que soient et votre crédit et votre puissance, vous ne m'échapperez pas ; non, non, vous ne m'échapperez pas.

(Il rejoint le groupe au fond du théâtre ; ils sortent ensemble.)

St.-ALME, courant après Franval.

Franval !... mon ami !... Je serai chez vous dans un instant.

SCÈNE XIII.

DARLEMONT , St.-ALME.

DARLEMONT se levant, à part, pendant que St.-Alme conduit Franval jusqu'à la porte du fond.

Enfin, ils sont partis !

St.-ALME, revenant après avoir fermé la porte.

Mon père, daignez m'écouter.

DARLEMONT.

Fuis aussi ma présence.

St.-ALME.

C'est Jules ; vous n'en pouvez douter.

---

(1) Ici Théodore porte doucement le doigt aux yeux de De l'Épée, pour essuyer les larmes qu'il en voit couler.

(2) Darlemont assis, Franval, St.-Alme, *Théodore, De L'Épée, Marianne.*

DARLEMONT,

Laisse-moi, malheureux.

St.-ALME.

Vous nous perdez, mon père.

DARLEMONT.

C'est toi seul qui nous perds, jeune insensé, dont l'imprudence et l'indiscrétion.... Mais je saurai tout réparer.

(Il s'éloigne.)

St.-ALME, se jetant à ses genoux, et l'arrêtant par ses habits.

Au nom de ce qu'il y a de plus sacré, ne cédez point à l'ambition qui vous égare ; restituez... restituez des biens qui ne vous appartiennent point...(*Mouvement terrible de Darlemont qui veut se débarrasser des mains de St.-Alme toujours attaché à ses habits.*) Si vous me laissez sans fortune, j'aurai ce qui vaut mieux encore, un nom sans reproche, et votre mémoire à chérir... (DARLEMONT *l'entraîne toujours à genoux vers la porte latérale.*) Mon père vous ne m'écoutez pas ;... vous me fuyez ;... vous détournez les yeux... mon père !... (*D'une voix déchirante.*) Vous nous déshonorez !... vous nous déshonorez !...

(Il est entraîné par Darlemont dans la coulisse, et la toile tombe.)

FIN DU QUATRIÈME ACTE.

ACTE CINQUIÈME.

La décoration est la même qu'au second acte.

SCÈNE I.

THÉODORE, FRANVAL, DE L'ÉPÉE, Mme. FRANVAL, CLÉMENCE.

(Au lever de la toile, FRANVAL écrit sur son bureau, auprès duquel THÉODORE, assis, lit dans un livre. (1) DE L'ÉPÉE se promène, méditant tour à tour, et prenant part à ce que Franval écrit. Vers le milieu du théâtre, Mme. FRANVAL, dans un grand fauteuil, fait de la tapisserie ; à sa gauche, CLÉMENCE, sur une chaise, brode au tambour ; elle porte souvent ses regards sur son frère, et témoigne de la souffrance et de l'inquiétude.

CLÉMENCE.

Dominique tarde bien à revenir.

Mme. FRANVAL.

Il est si lent dans tout ce qu'il fait !

FRANVAL, écrivant toujours.

J'éprouve, en rédigeant cet acte d'accusation... une émotion dont il m'est impossible de me défendre.

Mme. FRANVAL.

Je vous conseille, mon fils, de chercher encore à ménager ce Darlemont.

DE L'ÉPÉE, se promenant toujours.

Il est certain qu'on ne saurait porter plus loin l'imposture et l'audace... Je n'aurais jamais pensé qu'il eût pu résister à nos instances, et surtout à la vue de cet infortuné.

(Il désigne Théodore qui paraît enseveli dans sa lecture.)

Mme. FRANVAL.

C'est un usurpateur dont on ne saurait trop hâter la punition.

FRANVAL, écrivant toujours.

J'en conviens... mais son fils !

---

(1) Il doit, en lisant, remuer de temps en temps les doigts de le main droite, pour exprimer les mots qu'il lit. C'est l'usage des sourds-muets.

CLÉMENCE.

Qui pourrait ne pas s'intéresser à ce jeune homme?
(DE L'ÉPÉE fixe Clémence, et fait sentir qu'il soupçonne son amour.)

FRANVAL, cessant d'écrire.

A son nom seul je sens mon cœur qui se brise... et, malgré moi, la plume s'échappe de ma main.

DE L'ÉPÉE.

Je conçois toute l'étendue de votre sacrifice ; mais je n'ai d'espoir qu'en vous.

FRANVAL, avec force.

Vous triompherez ; oui, votre Théodore sera vengé ;... (*Avec sentiment.*) mais pardonnez à l'amitié ce juste tribut, cette souffrance involontaire.

DE L'ÉPÉE.

Moi, blâmer ces généreux combats! Ah! croyez plutôt que je les partage. Si des ménagemens pouvaient réussir, je serais le premier à en réclamer l'emploi ; mais l'ambitieux Darlemont ne cédera qu'à la force, n'obéira qu'à la voix terrible de la justice.

FRANVAL.

Oui, oui, terrible!... cette plainte une fois lancée, rien ne pourra sauver Darlemont des peines infamantes prononcées par la loi... Que faire alors de son malheureux fils dont l'âme brûlante et l'extrême sensibilité.... Mais j'ose me flatter encore qu'il déterminera son père à prévenir un éclat juridique, dont les suites cruelles...

Mme. FRANVAL, travaillant toujours.

Et moi, je suis sûre qu'il n'y parviendra pas.

CLÉMENCE.

Eh! pourquoi? Si la voix d'un père ramène à la vertu des enfans égarés, celle d'un fils... et d'un fils tel que St.-Alme, doit avoir quelques droits sur le cœur paternel.

DE L'ÉPÉE, fixant toujours Clémence.

... Je pense comme mademoiselle ; je compte beaucoup... mais beaucoup sur ce jeune homme.

SCÈNE II.

THÉODORE, FRANVAL; *St.-ALME.* (Il entre avec abattement, et s'arrête au fond du théâtre, sans être aperçu d'aucun de ceux qui l'occupent;) DE L'ÉPÉE, Mme. FRANVAL, CLÉMENCE.

FRANVAL, écrivant toujours.

Il est loin de penser que cette main, qui tant de fois fut pressée dans les siennes, trace en ce moment l'accusation de son père.

(ST.-ALME laisse échapper un mouvement terrible qu'il réprime avec peine.)

DE L'ÉPÉE, apercevant St. Alme.

Le voici!

FRANVAL, cessant d'écrire, et se levant brusquement.

Dieu!

(Moment de silence général.)

St.-ALME, abordant avec réserve et dignité Franval, qui n'ose porter les yeux sur lui.

Vous n'entendrez aucun murmure.... Ce que vous avez fait.... tout autre l'eût fait ainsi que vous... Il est des circonstances où le sentiment doit se taire et faire place au devoir.

(CLÉMENCE laisse tomber son ouvrage, et paraît dans le plus grand trouble.)

DE L'ÉPÉE.

Faut-il que, pour satisfaire à celui que le ciel m'impose, je sois forcé de déchirer une âme telle que la vôtre!... Vous n'imaginez pas, monsieur, combien il en coûte à mon cœur.

FRANVAL, à St.-Alme.

Jugez de ce qui se passe dans le mien; d'un côté, la confiance dont on m'honore (*il désigne De l'Épée*), la justice qu'attend cet opprimé, m'ordonnent d'agir; de l'autre, l'amitié me retient et m'enlace. Je ne puis faire un pas sans être coupable; prendre aucun parti sans me préparer des regrets... Jamais on n'éprouva plus de tourmens à la fois, jamais on ne se trouva dans une situation plus cruelle.

St.-ALME, serrant tour à tour les mains de Franval et de De l'Épée.

Ah! j'étais bien sûr de trouver en vous cet élan généreux, ce pénible embarras...(*A De l'Épée.*) Je ne m'attendais pas moins à ce touchant langage, à ce tendre intérêt qui caractérisent si bien l'appui des malheureux et le bienfaiteur des hommes. Mais si vous avez rempli tous les deux votre devoir, vous me permettrez de remplir à mon tour celui que me prescrit la nature, et de prendre la défense d'un père.

FRANVAL, vivement.

Auriez-vous obtenu de monsieur Darlemont?....

St.-ALME, avec douleur.

Il n'a pas voulu m'entendre... il m'a repoussé de son sein. Ce que l'honneur a de plus imposant, ce que l'amour filial a de plus tendre... rien, rien n'a pu le fléchir; il persiste à vouloir prouver la mort de son pupille, et garde sur tout le reste le silence le plus farouche.

(Il s'appuie sur Franval.)

THÉODORE.

(*Il aperçoit St.-Alme dans l'abattement; il se lève précipitamment, jette son livre, et va presser son cousin dans ses bras.*)

FRANVAL.

Cher St.-Alme!

DE L'ÉPÉE, à St.-Alme.

Regardez votre jeune ami; on dirait qu'il vient de vous entendre, et qu'il cherche à vous offrir ses consolations.

St.-ALME, pressant Théodore contre son cœur.

Que j'ai de plaisir à le revoir! Faut-il qu'après une aussi longue séparation, cette entrevue soit mêlée de souffrance et de crainte! Mais il est bien certain.... êtes vous donc l'un et l'autre assez convaincus que mon père soit coupable?...

SCÈNE III.

THÉODORE, FRANVAL; DUPRÉ, tête nue, et dans le plus grand égarement; DE L'ÉPÉE, St.-ALME, Mme. FRANVAL, CLÉMENCE.

DUPRÉ, à Franval.

Ah! monsieur!... ce que monsieur Darlemont vient de m'apprendre serait-il vrai? Le jeune comte d'Harancour...

FRANVAL, désignant de l'Épée.

Vous voyez celui qui l'a sauvé.

DUPRÉ.

Dieu!... (*Il aperçoit Théodore qui l'examine.*) Oui, c'est lui!... enfin je le revois!

THÉODORE

THÉODORE.

(Il s'élance vers Dupré, et veut le presser dans ses bras.) (1)

DUPRÉ reculant, et évitant les caresses de Théodore.

Il ne voit en moi que celui qui soigna son enfance... Il ignore que je suis indigne de ses caresses... et que j'ai moi-même contribué à sa perte.

St.-ALME.

Vous , Dupré !

THÉODORE.

(A plusieurs signes de De l'Épée, il suspend tout à coup ses caresses ; reste immobile un instant, et recule peu à peu, en fixant Dupré avec un sentiment de surprise et de douleur.)

DUPRÉ.

Mais il faut qu'il connaisse tous mes remords... il faut qu'il me permette de mourir à ses pieds.

(Il tombe aux pieds de Théodore.)

FRANVAL, le relevant.

Remettez-vous , et achevez de nous instruire...

St.-ALME.

Ce fut lui qui seul accompagna mon père, lorsqu'il conduisit le jeune comte à Paris.

FRANVAL, à Dupré.

Il y a huit ans, à peu près ?

DUPRÉ.

Oui , monsieur.

St.-ALME.

Eh bien ?

DUPRÉ.

Le soir même de notre arrivée , monsieur Darlemont me donna l'ordre de me procurer les habits de quelque mendiant , et d'en revêtir le petit Jules.

DE L'ÉPÉE.

Justement, ce fut sous ces lambeaux qu'il me fut présenté.

DUPRÉ.

Dès qu'il fut ainsi déguisé, son oncle le fit monter avec lui dans une voiture de place, et ils disparurent. Quelques heures après, monsieur Darlemont rentra seul : je lui en témoignai ma surprise, je le pressai de questions ; il me confia qu'il venait enfin d'exécuter un projet qu'il méditait

(1) Franval, Théodore , Dupré , etc.

L'abbé De l'Épée.   9

depuis long-temps, et qu'il avait perdu le jeune comte au milieu de Paris.

St.-ALME, suffoqué, et d'un ton délirant.

Quoi! mon père lui-même!... il aurait eu la barbarie....

DUPRÉ.

Pour s'assurer les biens du jeune d'Harancour, il fallait que monsieur Darlemont pût annoncer sa mort et la prouver en justice. Deux témoins lui étaient nécessaires : le premier fut l'hôte qui nous logeait à Paris, et qu'il séduisit à force d'argent.

St.-ALME, mettant la main sur la bouche de Dupré.

Malheureux !... (*Changeant de ton.*) Achevez.

FRANVAL.

Et le second témoin?

DUPRÉ.

Ce fut moi... (1) Conduit dans un temple où tout avait été préparé... j'y signai l'acte mortuaire de Jules d'Harancour; et, peu de jours après, nous partîmes pour Toulouse, où à l'appui de cet acte, monument de la plus atroce perfidie...

St.-ALME, du ton le plus déchirant.

Arrêtez.... Il ne m'est donc plus possible d'en douter. Oh! qu'il est accablant le poids affreux du crime d'un père!

(Il tombe dans un fauteuil, soutenu par Franval, et paraît dans l'abattement le plus douloureux.)

DUPRÉ.

Depuis ce jour fatal, je n'ai pu trouver un instant de repos. Le ciel est juste, il a conservé cette honorable victime, et je viens vous offrir de tout avouer en public, de me dénoncer au tribunal des lois : je connais la rigueur des peines qui m'y attendent; j'y suis tout résigné. Heureux, si, en expiant le crime dont je fus le complice, je puis contribuer à réparer les maux qu'il a causés!

St.-ALME, se levant avec force, comme frappé d'une idée.

Oui, oui, il faut les réparer... Suis-moi, malheureux vieillard.

(Il entraîne Dupré.)

DUPRÉ.

Disposez de moi, monsieur.

---

(1) De l'Épée explique à Théodore le faux qu'a commis Dupré, en traçant quelques lignes sur sa main gauche avec les doigts de la main droite; et penchant ensuite sa tête, les yeux fermés, sur sa main droite; ce qui exprime la mort. Théodore fixe Dupré avec indignation, et s'éloigne de lui.

FRANVAL, courant après St.-Alme, et le retenant. (1).

St.-Alme, où allez-vous ?

St.-ALME.

Où le désespoir m'appelle.

DE L'ÉPÉE.

Songez que Théodore....

St.-ALME.

Sa vue augmente mon supplice.

FRANVAL.

Que prétendez-vous faire ?

St.-ALME.

Le venger, ou mourir.

DE L'ÉPÉE, le retenant avec Franval.

Votre raison s'égare.

St.-ALME.

Laissez-moi.

FRANVAL.

Souffrez que votre ami....

St.-ALME, s'arrachant des bras de De l'Épée et de Franval, et s'élançant avec égarement sur le devant du théâtre.

O mon père!.... mon père!... (*à Franval et à De l'Épée qui veulent toujours le retenir.*) Laissez-moi.... laissez-moi!

(Il sort avec précipitation, et emmène Dupré.)

SCÈNE IV.

THÉODORE; DE L'ÉPÉE, rassurant par quelques signes Théodore inquiet et agité ; FRANVAL , Mme. FRANVAL ; CLÉMENCE, dans le plus grand abattement, toujours observée par De l'Épée.

Mme. FRANVAL

Enfin , nous connaissons toute la trame ourdie par ce Darlemont !

FRANVAL.

Profiter de l'infirmité d'un enfant sans défense et sans appui! violer à ce point les droits du sang et de la confiance !... Je l'avouerai, j'avais besoin du témoignage de ce vieillard, pour croire à tant de perfidie.

(1) Théodore, *Dupré, Franval, St.-Alme*, De l'Épée, Mme. Franval. Clémence.

DE L'ÉPÉE.

Vous voyez que Théodore ne s'était point trompé.

Mme. FRANVAL.

Balancerez-vous encore, mon fils, à livrer ce coupable à la vengeance des lois?... Attendrez-vous qu'il use de son crédit et de son opulence, pour vous prévenir dans vos démarches?

DE L'ÉPÉE.

J'ajouterai à ces observations importantes que Théodore n'est pas le seul à qui je doive mes soins; que tous mes autres élèves que j'ai laissés à Paris, souffrent beaucoup de mon absence, et que je dois pour eux économiser mes instans.

FRANVAL.

Oui... oui, je serais criminel si je tardais plus long-temps à remplir le devoir que votre confiance m'impose. Signons donc cette plainte (1).

(DE L'ÉPÉE et THÉODORE signent l'écrit qui est sur le bureau.)

CLÉMENCE, à part.

Il n'est donc plus d'espoir!

SCÈNE V.

FRANVAL, THÉODORE, DE L'ÉPÉE, MARIANNE, Mme. FRANVAL, CLÉMENCE, DOMINIQUE.

Mme. FRANVAL.

Eh! arrivez donc, Dominique, arrivez donc.... Eh bien! vous ne nous amenez personne?

DOMINIQUE, encore tout essoufflé.

Ce n'est pas faute d'avoir couru... d'avoir cherché partout... Nous avons été d'abord chez Pierre, l'ancien palfrenier... Il était sorti dès le matin avec sa femme.

MARIANNE.

De là, nous sommes allés chez la pauvre Maurice, la veuve du cocher...

DOMINIQUE.

En campagne pour toute la journée... Mais nous avons bien recommandé à plusieurs personnes qui demeurent au-

(1) Franval, Théodore, De l'Épée, Mme. Franval, Clémence.

près, de leur dire de se rendre ici dès qu'ils seraient de retour.

FRANVAL.

Vous avez eu grand soin de taire le motif...

DOMINIQUE.

Monsieur sait bien que lorsqu'on me confie un secret...

FRANVAL, tenant la plainte d'une main, et prenant de l'autre son chapeau (1).

Je ne fais aucun doute que cette plainte, par la nature des faits qu'elle contient, (*à De l'Épée*) et surtout revêtue d'un nom tel que le vôtre n'excite tout le zèle des magistrats. Vous allez m'accompagner tous les deux. (*A madame Franval et à Clémence dont le trouble est au dernier degré.*) Si St.-Alme revenait en notre absence... calmez-le, je vous en supplie... vous surtout, ma sœur.... répétez-lui combien li m'en coûte... Mais un seul instant de retard pourrait nuire au jeune comte, et donner à son oppresseur des armes redoutables. Marchons.

(On entend du bruit au dehors.)

CLÉMENCE.

J'entends quelqu'un, je crois.

DOMINIQUE, regardant à la porte.

C'est monsieur St.-Alme.... Dans quel trouble, grand Dieu ! dans quelle agitation !...

SCÈNE VI ET DERNIÈRE.

DOMINIQUE, MARIANNE THÉODORE, DE L'ÉPÉE, FRANVAL, St.-ALME, sans chapeau, sans épée et dans le plus grand désordre; Mme. FRANVAL, CLÉMENCE.

St.-ALME, entrant avec précipitation.

Mon ami !... mon ami !...

(Il tombe suffoqué dans les bras de Franval, qui le dépose sur un fauteuil; THÉODORE vole à son secours et témoigne le plus vif intérêt; tous les autres l'entourent. Peu après, THÉODORE retourne à sa place, à la droite de De l'Épée.)

FRANVAL.

St.-Alme, revenez à vous.

St.-ALME, fixant ceux qui l'entourent.

Mon père....

(Il veut continuer, l'émotion qu'il ressent lui coupe la voix.)

(1) Dominique, Marianne, Franval, Théodore, De l'Épée, Mme. Franval. Clémence.

FRANVAL.

Expliquez-vous.

St.-ALME.

Mon père....

DE L'ÉPÉE.

Achevez.

St.-ALME, d'une voix entrecoupée, et avec une force graduée.

Déchiré par le récit de ce vieux domestique, (*il se lève*) j'ai couru ... j'ai forcé la porte du cabinet où mon père s'était enfermé... Dupré qui m'avait suivi.... lui a dit qu'il vous avait tout révélé... et qu'il était résolu d'aller le dénoncer avec lui. « Vous m'avez fait participer à votre crime, a-t-il » ajouté, je vous ferai partager mon supplice ! » Frappé de la menace de ce vieillard, mon père a frémi ; j'ai saisi cet instant,... et mettant sur ma poitrine la pointe de mon épée, j'ai dit à mon tour : « Je vais être par vous déshonoré ; jeune » encore, j'aurais trop long-temps à souffrir... j'expire donc » à vos yeux.... si à l'instant même, à l'instant... vous ne » signez la reconnaissance de Jules d'Harancour.... » Ce cri de désespoir, l'idée d'une tache ineffaçable, et surtout la certitude de ma mort, ont enfin produit l'effet que j'attendais... La nature a triomphé.... mon père s'est ému, et d'une main tremblante.... il a tracé cet écrit que je vous apporte... (*Il remet à Franval un écrit qu'il tire de son sein.*) le voilà ! le voilà !

FRANVAL, lisant.

« Je reconnais Jules d'Harancour dans l'élève de monsieur » l'abbé De l'Épée, connu sous le nom de Théodore, et je » suis prêt à lui restituer tous ses droits... »

DE L'ÉPÉE, se découvrant.

Dieu puissant ! grâces immortelles te soient rendues !

(Il prend l'écrit des mains de Franval, et le remet à Théodore.)

FRANVAL, à St.-Alme.

De quel poids, mon ami, vous venez de soulager mon coeur ?

(Il déchire l'accusation qu'il tient encore à la main.)

THÉODORE.

(*Dès qu'il a lu l'écrit, il se jette aux pieds de De l'Épée, et les baise; se relève ivre de joie, va sauter au cou de Franval; s'avance ensuite au-devant de St.-Alme, le fixe, s'arrête tout à coup, comme frappé d'une idée, et s'élance au bureau où il trace quelques lignes au bas de l'écrit de Darlemont.*)

FRANVAL.

Que fait-il? et quel est son dessein?

DE L'ÉPÉE.

Je l'ignore.

St.-ALME.

Il paraît singulièrement ému.

CLÉMENCE.

On dirait que des larmes s'échappent de ses yeux.

THÉODORE.

(*Il revient auprès de St.-Alme, lui prend une main qu'il pose sur son cœur, et lui donne de l'autre à lire l'écrit qu'il vient de faire.*)

St.-ALME, lisant avec la plus vive émotion.

« Je ne puis être heureux aux dépens de mon premier » ami. Je lui donne la moitié des biens qui me sont rendus. » Il ne peut me refuser; nous fûmes accoutumés dès l'en- » fance à tout partager en frères; nos cœurs en se rejoignant » doivent reprendre leurs habitudes. » Dieu!

(Il presse Théodore dans ses bras, et leurs caresses se confondent.)

DE L'ÉPÉE, serrant Théodore contre son sein, avec la plus vive émotion.

Ce trait seul m'a payé de tout ce que j'ai fait pour lui.

MARIANNE.

Il sera bienfaisant comme l'était son père. (*A De l'Épée.*) Monsieur, puis-je espérer qu'il me sera permis de terminer mes jours auprès de mon jeune maître?

DE L'ÉPÉE.

Oui, bonne femme, vous et tous les anciens domestiques de l'hôtel, que vous pourrez découvrir.

FRANVAL.

Mais c'est à condition , Marianne, que vous garderez , ainsi que nous tous, un silence éternel sur la cause des mal-heurs du jeune comte.

St.-ALME.

Que ne puis-je effacer un pareil souvenir!... et comment pourrai-je en adoucir l'amertume?

DE L'ÉPÉE, fixant Clémence avec un sourire de bonté.

Si mademoiselle vous y aidait... en s'associant à votre sort?

FRANVAL, à De l'Épée.

On voit bien que rien ne peut échapper à votre pénétration.

Mme. FRANVAL.

Mais songez donc qu'un pareil mariage...

DE L'ÉPÉE.

Comblera les vœux d'un couple qui s'aime, et au bonheur duquel je désire contribuer.

Mme. FRANVAL.

Il faut que ce soit vous, monsieur, pour me déterminer... Mais comment se défendre de concourir à vos bienfaits.

THÉODORE.

(*D'après un geste de De l'Épée, (a) (1) il unit St.-Alme et Clémence, et presse sur son cœur leurs mains entrelacées.*

DOMINIQUE, désignant Théodore.

Aimable jeune homme ! s'il intéresse ainsi sans parler, que serait-ce donc si l'on pouvait l'entendre !

CLÉMENCE.

Moment délicieux que j'étais loin d'espérer !

St.-ALME.

On peut sentir... mais non pas exprimer mon bonheur.

FRANVAL.

Celui que j'éprouve ne peut se mesurer qu'à mon admiration. (*A De l'Épée.*) Homme bienfaisant, que vous devez être glorieux de votre élève ! Comparez ce qu'il est en ce moment, avec ce qu'il était quand il vous fut présenté, et jouissez de votre ouvrage.

DE L'ÉPÉE, fixant Théodore et ceux qui forment groupe autour de lui.

Enfin, le voilà rétabli dans ses foyers ! Le voilà décoré du nom sacré de ses pères, et déjà entouré des heureux qu'il a faits. O Providence !... Il ne me reste plus rien à désirer au monde, et quand je quitterai cette dépouille mortelle, je pourrai me dire : Dormons en paix, j'ai bien rempli ma carrière !

(*a*) Exprimer l'union en pressant deux fois les mains l'une dans l'autre et désignant le doigt où l'on met l'anneau nuptial.

(1) Dominique, Marianne, De l'Épée, Franval, St.-Alme, Théodore, Clémence, Mme. Franval.

FIN.

www.ingramcontent.com/pod-product-compliance
Ingram Content Group UK Ltd.
Pitfield, Milton Keynes, MK11 3LW, UK
UKHW020948140726
13695UKWH00003B/1281